U0452262

VOICES FROM CHINA'S NORTHWEST

FOLK SONGS OF NORTHERN SHAANXI

西北回响

——陕北民歌英译

王宏印 选译

商务印书馆
The Commercial Press
2019年·北京

图书在版编目(CIP)数据

西北回响:陕北民歌英译:汉英对照/王宏印选译.—北京:商务印书馆,2019
ISBN 978-7-100-16884-7

Ⅰ.①西… Ⅱ.①王… Ⅲ.①民间—作品集—陕北地区—汉、英 Ⅳ.①I277.241

中国版本图书馆 CIP 数据核字(2018)第 279703 号

权利保留,侵权必究。

西北回响——陕北民歌英译
王宏印　选译

商　务　印　书　馆　出　版
(北京王府井大街36号　邮政编码100710)
商　务　印　书　馆　发　行
北　京　冠　中　印　刷　厂　印　刷
ISBN 978-7-100-16884-7

2019年3月第1版　　　开本 880×1230　1/32
2019年3月北京第1次印刷　印张 14⅛
定价:58.00元

2019 版前言
Preface for the 2019 Edition

有情世界中，陕北民歌是我的一个情结。《西北回响：汉英对照新旧陕北民歌》自2009年初版以来，受到社会的普遍关注和诸多喜欢陕北民歌及其英译的人们的好评。特别是为此在西安音乐学院专门召开的陕北民歌译介研讨会，取得了出人意料的效果，也产生了长远的影响，可以说开了新时期民歌翻译的先河。除了会议本身，当时陕西的许多媒体，包括电视台和广播电台，还进行了专题报道和专门采访。我和赵季平一时成为媒体所关注的人物，好不热闹。后来又召开了第二届陕北民歌译介研讨会，期望还有更多，可惜我却无缘再参加了。

尽管我对于陕北民歌的翻译研究，此后几乎是无暇顾及了，但按照我的习惯和做学问的方式，一本将近十年的旧书，出一个修订本仍然十分必要。但这次修订，主要的动因还要归功于南开大学外国语学院谷启楠教授，她提出的宝贵的修改意见，为这本书的修订奠定了基础。我没有想到谷老师会花很多时间去仔细地阅读每一首以陕北方言记录下来的民歌，而且对译文提出不少意见和建议。这使我觉得只有出一个修订版才能对得起谷老师的亲切关注和辛勤工作，并在此致以崇高的谢意！为此，我重新考虑和修改了译文，甚至调整了翻译方案，希望有更好的反响。当然，关于原文，也有个别的增加，但限于篇幅和时间，只添加了两首新听到的歌曲，算是与时俱进吧。

后来，我虽然在陕北民歌的翻译研究上几乎无有进展，但关于陕北的研究和诗歌创作却一直没有停止过。《西北回响》初版的时候就有一个附录《陕北组诗》，包括了8首诗。主要是2000年在陕北延安和榆林地区进行暑期教学和游览时所作，只有最后一首诗《蓝花花》（外一首），作于2003年春节。那是"闭门造车"的结果，因为自从2000年来天津工作之后，就再也没有去过陕北那块令我热血沸腾的地方。后来，看了路遥的传记，夜不能寐，就随手写了首《路遥传》。看了由他的作品改编的电视剧《平凡的世界》，还有电影《人生》（电视剧《人生》在美国度假期间也看过），抑制不住心头的激动，又写了几首诗，例如《人生的醒悟》和《平凡的爱情》，起名《双调信天游》，与《路遥传》一起纳入附录二。

2015年6月17日，在为第八届亚太翻译论坛而作的《陕西当代作家族谱》中，按资历和年龄路遥都位居第三。我给路遥的赞诗是：

> 耕读传家望长安，
> 欲写陕北全国转；
> 挟着私心"闹革命"，
> 不信世外有书生。

不过，写路遥的那两首诗，已经有点人物分工，类似于对话体的创作了。这在近几年我的诗歌创作中并不少见，可能是受到莎士比亚剧作翻译和再创作的影响吧。更为有趣的是，今年在北京观看了歌剧《蓝花花》，大不以为然，于是决定自己创作一部《蓝花花》。这可真是回应了附录一中最后一首诗《蓝花花》（外一首）。那首抒情诗，不过是发一时之牢骚而已，但也可能是暗藏了一个新的更大的创作动机。谁会想到，时隔15年，我才着手创作诗剧《蓝花花》，而且搭上此书修订的最后一班车，得以把它附在书后。这次的《蓝花花》可以说是对陕北民歌的资源利用，基本上是陕北民歌信天游的套用和改编，有些是直接挪用，大部分则是在民歌素材的基础上重新创作的。但既然作为剧，便有了情节的构思、人物的出场和结局，无论如何不是单篇的抒情诗和简单的对话体了。

如今看起来，从单纯的陕北民歌汉译英，到陕北题材诗歌的创作，再到对话体，再到代言体诗剧的创作，经历了一个值得重新关注的过程。那就是对于民间文学的关注和以翻译为素材为创作做准备的过程，当然，在这一过程中，个人生活经验的积累和文学艺术修养的提高，也有重要的制约作用。如今，把这个过程完整无缺地集中体现在一本书中，成为这本《西北回响》的一个修订，也许正当其时呢！

但若从"十年磨一戏""慢工出细活"的要求来看，三天创作一部剧（尽管连续几个月在不停地修改），还是有仓促出笼之嫌。可是，要等到十年以后再出笼，似乎又有点等不及，那就先让它出笼，然后再看看效果如何吧！

民歌原本是为演唱的，翻译成英文，则未必能演唱。剧作原本是为舞台演出的，而诗剧却未必一定能有机会登上舞台。即便如此，它们作为文本，总是可以阅读的，作为文学，总是可以欣赏的。何况在不断修订的过程中，本书的分量会逐渐加重，而其翻译的部分也会精益求精。就连书名本身，它的内涵也在不断扩充。这就是这本《西北回响》今日面世的意义吧！

王宏印（朱墨）
2014 年 10 月修订
2017 年 12 月写于
南开大学寓所

目 录
CONTENTS

序：西北回响 世界惊奇（赵季平）
　　Foreword: Voices from the Northwest, Wonder of the Whole World ／ 1

前言：让激情在黄土高原上燃烧
　　Preface: Let Our Passion Inflate over the Loess Plateau ／ 4

第一部分　黄河颂
The Yellow River

1. 黄河船夫曲
　　Boatmen's Song on the Yellow River ／ 17
2. 过黄河
　　Cross the Yellow River ／ 19
3. 黄河源头
　　The Yellow River Source ／ 23
4. 黄河情歌
　　A Love Song by the Yellow River ／ 26

第二部分　西北剪影
The Great Northwest

1. 秋收
　　Autumn Harvest ／ 31

2. 打樱桃
   Pick Cherry / 33

3. 陕北是个聚宝盆
   Northern Shaanxi Is a Treasure House / 35

4. 祈雨调
   Pray for Rain / 37

5. 木夯号子
   Rammers' Work Chant / 40

6. 上一道坡下一道墚
   I Climb up a Slope and Come down a Ridge / 42

7. 崖畔上酸枣红艳艳
   Wild Jujubes on the Hillside / 44

8. 崖畔上开花崖畔上红
   Flowers on the Hillside Are Red and Fresh / 47

9. 哪搭搭也不如咱山沟沟好
   Nowhere Is So Good as Our Wild Mountains / 50

10. 满天星星一颗明
    One Star Shines Overhead the Brightest / 53

11. 对花
    Antiphonal Singing on Flowers / 55

第三部分 劳苦的日子
Hard Times

1. 野店
   A Country Inn / 61

2. 老井
   This Old Well / 65

3. 女儿歌
   Song of a Poor Girl / 68

4. 五哥放羊
   My Shepherd Boy / 70

5. 揽工调
   A Farmhand's Story / 73

6. 卖娃娃
   My Children on Sale / 76

7. 卖老婆
   I'd Sell You Out! / 79

8. 光景迫下走口外
   Poverty Forces Me to Go Away for a Living / 81

9. 苦命人找不下好伙计
   An Ill-fated Girl Wants a Mate / 83

10. 鸡蛋壳壳点灯半炕炕明
    An Eggshell Makes the Light / 85

11. 响雷打闪妹子不放心
    My Heart Is Gloomy / 87

第四部分　多彩的爱情　Colourful Love

1. 蓝花花
   Blue Flower / 91

2. 搭伙计
   Falling in Love / 94

3. 掐蒜薹
   I Gather Garlic Flower Stalks / 96

4. 毛眼眼
   Your Bewitching Eyes / 99

5. 绣荷包
   Embroider a Love Pouch / 101

6. 捎戒指
   Bring Me a Ring / 104

7. 挂红灯
   Hang the Red Lantern / 107

8. 三十里铺
   The Thirty Mile Village / 110

9. 十三省地方挑下你
   I've Chosen You from Girls All over the Country / 113

10. 三哥哥你看美不美
    Don't You Say? / 115

11. 人人都说咱们俩好
    They Say We Make a Good Couple / 117

12. 把你的白脸脸调过来
    Please Turn Your Pretty Face This Way / 120

13. 三妹子爱上个拦羊汉
    I Love a Shepherd / 122

14. 妹子开门来
    Please Open the Door for Me / 124

15. 你妈妈打你不成才
    Your Mother Beats You Because You're Crazy / 126

16. 妹妹永远是哥哥的人
    Forever I'm Your Good Girl / 130

目录

17. 老祖先留下个人爱人
    Why Must a Man Love a Woman? / 133

18. 一对对鸳鸯水上漂
    Lovebirds Swim Merrily in Pairs / 135

第五部分　思念的痛苦　How I Miss You

1. 这么好的妹子见不上面
   So Nice a Girl I Can't See / 141

2. 你哭成泪人人怎叫哥哥走
   How Can I Go as You Shed Floods of Tears? / 143

3. 想亲亲
   I Miss You, My Dear / 145

4. 叫一声哥哥你快回来
   I Call My Good Boy Back Home / 148

5. 一疙瘩冰糖化成水
   A Rock Candy Melts in My Mouth / 151

6. 冻冰
   Ice Melting / 153

7. 泪蛋蛋抛在沙蒿蒿林
   My Teardrops Drip into the Sand Bush / 156

8. 想你哩
   I Miss You / 158

9. 想哥哥
   How I Miss You / 163

v

10. 小寡妇上坟
   A Young Widow Crying over Her Husband's Grave / 167

11. 听见哥哥唱着来
   Hearing the Voice of My Dear Boy / 171

12. 神仙挡不住人想人
   God on High Stops No Man Thinking of a Woman / 173

第六部分　秧歌词调　*Yangge* Dance

1. 新春秧歌闹起来
   Yangge Dance in a New Spring / 177

2. 你把咱秧歌放回来
   Welcome Our *Yangge* Dance Team / 179

3. 一圪嘟秧歌满沟转
   A Cluster of *Yangge* Dancers on the Way / 180

4. 满面春风笑盈盈
   A Broad Welcoming Smile / 181

5. 给你一朵花儿戴
   Give You a Flower to Wear / 183

6. 货郎卖货
   A Peddler's Song / 184

7. 唱了一番又一番
   One Song after Another / 186

8. 船歌
   Song of a Boat Dance / 188

9. 跑旱船
   A Boat Dance / 191

10. 九曲好像一座城
    The Lantern Patterns Show a Brilliant City / 193

11. 瑶池歌舞落人间
    Heavenly Dance on Earth / 195

12. 打腰鼓
    A Waist-drum Dancer / 196

第七部分　流浪岁月　Wandering Life

1. 走三边
   Go to the Old Frontiers / 201

2. 下四川
   Go to Sichuan / 204

3. 赶牲灵
   Herdsman Coming / 206

4. 走绛州
   Go to Jiangzhou / 208

5. 脚夫调
   Transporter's Song / 211

6. 走西口
   You're Going to Xikou / 213

7. 江湖行
   Wandering Around the World / 216

8. 妹妹曲
   Singing to My Girl / 219

9. 跟上哥哥走包头
   I'll Follow My Dear One All the Way to Baotou / 222

10. 光景迫下咱走口外
    Poverty Forces Me to Leave My Homeland / 224

11. 人在外边心在家
    I Leave My Heart at Home / 226

12. 赶骡子的哥哥
    Mule Porter, My Dear One / 228

13. 远行的骆驼
    My Camel Steps on a Long Journey / 231

第八部分　火红的旗帜
Red Flags Fly

1. 东方红
   The East Turns Red / 237

2. 刘志丹
   Liu Zhidan / 239

3. 山丹丹开花红艳艳
   The Red Morningstar Lily in Full Bloom / 242

4. 扛上土枪打游击
   Guerillas with Homemade Guns / 245

5. 横山里下来些游击队
   Guerillas Come Down from Mount Hengshan / 248

6. 我送哥哥去当兵
   I'll See You Off to the Red Army / 251

7. 当红军的哥哥回来了
   My Red Army Man Is Back / 254

8. 寻汉要寻八路军
   The Eighth Route Army Man I Love the Best / 257

9. 翻身道情
   A Song of Liberation / 259

10. 自由结婚
    Marriage of Free Choice / 262

11. 送公粮
    Delivering Tax Grain / 265

12. 南泥湾
    Nanniwan / 267

13. 想延安
    Thinking of Yan'an / 270

14. 绣金匾
    Embroidering Red Banners with Golden Inscriptions / 272

第九部分　走进新时代
Enter into a New Age

1. 黄土高坡
   Loess Plateau, My Home! / 277

2. 信天游
   Wandering Chants / 280

3. 回延安（节选）
   Coming Back to Yan'an (Excerpts) / 283

4. 红兜兜
   A Red Singlet / 287

5. 包楞调
   A Click-clicky Song / 291

6. 想情郎
   Embroidering a Love Story / 294

7. 十五的月亮十六圆
   The Mid-month Moon Is Round / 297

8. 就恋这把土
   How I Love This Land / 299

第十部分　唱不完的信天游
Wandering Chants Forever

1. 学会唱山曲儿解心宽
   Folk Songs, My Entertainment / 305

2. 信天游永世唱不完
   Let's Sing Wandering Chants Forever / 307

3. 榆林新歌
   A New Song of Yulin / 310

主要参考文献
   References / 312

后记：努力探索中国民歌走向世界的歌唱语言
   Postscript: Finding Out a New World Language for Chinese Folk Songs / 313

附录
   Appendixes

　附录一　陕北组诗
　Appendix 1　Poems from Northern Shaanxi / 350

　　1. 黄河壶口 / 351
　　2. 高贵的祭坛 / 351
　　3. 榆林古长城遗迹 / 353
　　4. 游红石峡 / 353

5. 西沙印象 / 355

6. 红碱淖 / 356

7. 清凉山雨中游 / 357

外一首：蓝花花 / 358

附录二　双调信天游
Appendix 2　Wandering Chants in Dual Tones / 360

1. 路遥传 / 361

2. 人生的醒悟 / 363

3. 平凡的爱情 / 365

附录三　蓝花花（诗剧）
Appendix 3　The Chinese Iris (a local opera) / 367

序　歌 / 370

第一幕　相会 / 371

第二幕　闹春 / 377

第三幕　爱慕 / 383

第四幕　乡怨 / 389

第五幕　逼婚 / 398

第六幕　追寻 / 408

第七幕　婚誓 / 414

尾　声 / 420

编后语 / 421

序
Foreword

西北回响　　世界惊奇
Voices from the Northwest, Wonder of the Whole World

  我与王宏印教授过去素未谋面，是音乐，是陕北民歌把我们联系了起来，现在他已经是"西安音乐学院西北民族音乐研究中心"的客座研究员，读到他这部书，使我们有了真切的联系。我曾多次有这样的机缘，与许多对陕北文化有兴趣的研究家和过路人认识，但是为一位用外文翻译民歌的专家写序还是第一遭，读过这部闪动着思乡之泪和反映了译艺艰辛的大著，不由得答应为王老师作序，不为别的，就为的是咱老陕的这份音乐情缘。

  陕北民歌研究已经有超过七八十年的历史了吧，许多老唱家作古了，许多曲调被人们记住了，许多话题也说滥了，不是说这些研究和思考不重要，而是说，我们有没有可能在陕北民间文化的研究上开拓新思路、新话题、新领域？中国人知道了信天游，为什么不让世界更多的人喜欢它呢？我想，我的这位乡党王宏印现在做的，应该说就是一个开始吧！虽然几十年前，我们就听说有过英文的《东方红》，有过日语的《蓝花花》，今天还有人用意大利语美声唱《泪蛋蛋》，却很少人下这样的苦，去把这么多优秀的陕北民歌翻译成外文。我们都知道沪上有个把苏俄歌曲翻译到中国来的著名翻译家薛范先生，他的优秀译作《莫斯科郊外的晚上》闻名中国，其译作对传播苏俄音乐文化和音乐精神起到不可替代的作用。不过，薛范先生是自外向内做文化传通工作的，而王宏印先生的工作是自内向外的，什么时候我们的信天游也能够唱响世界，也能够让世界人民过耳不忘，岂不是莫大功德！

这部陕北民歌翻译的著作，分为十个部分："黄河颂"；"西北剪影"；"劳苦的日子"；"多彩的爱情"；"思念的痛苦"；"秧歌词调"；"流浪岁月"；"火红的旗帜"；"走进新时代"；"唱不完的信天游"。可谓选材宽泛，思路开阔，加上作者自己的诗作，既包括了传统民歌，也包括了革命民歌，这两个影响中国 20 世纪以来音乐生活的传统都在这里了，甚至还有几首改革开放以来的流行歌曲，反映了译者宽阔的文化视野，也体现了生活的真实。这些民歌，可以说是陕北文化有声的历史，是陕北人民鲜活的精神史。这块地方，高天厚土，玄机四伏，民性纯朴，血脉深厚，赋之于民歌，正是"风行水上，自然成文"，你在这些音调里可以听见《诗经》的神韵，乐府民歌的节奏，甚至能够体味到古老的《敕勒歌》的草原气息！20 世纪 30 年代以来，更有革命民歌在这里发芽出世，将传统民歌的主题——"吃的艰难，爱的痛苦"，一改而为气宇轩昂、节奏铿锵、内里刚烈却动人心魂的旋律，陕北文化的新质在这些民歌里表达得是那样令人难忘！

有人说，文化是不能翻译的，诗是不能翻译的，照这样说民歌也是不能翻译的,我理解这些话的意思,可能更多的是反映了译艺的高深艰难吧,所谓"信、达、雅"的理想境界是多少翻译家终生的追求!"不能翻译"的说法也许不完全对,人们完全有理由期待这些翻译的陕北民歌能够保持它的魂、它的美、它的气质和精神,而这真的是不容易的事。毫无疑问,这部开创性的译作还需要专家们的批评和群众的认可,我们特别希望这些译歌是能唱的,这就需要音乐家们更进一步的工作了。

王宏印先生的这部译作,将在西安音乐学院建校六十周年大庆的日子里出版,也是一件值得高兴的事。今年西安音乐学院要召开"陕北民歌译介全国研讨会",相信它将会给会议增添不少话题,也会引起与会者的极大兴趣,更将带来持久的文化思考。我也相信外国朋友们会怀着惊异和欢喜的态度去揣摩它,去唱响它!

记得美国在20世纪60年代,有个叫作斯奈德的人,因为翻译了唐代诗僧寒山的诗而被称为是美国的禅宗诗人,名声大噪,至今不衰。我们可否大胆设想,当陕北民歌被许许多多老外唱着的时候,王宏印这个名字或许也将被许多外国人知道吧!

中国不仅经济要走出去,文化也要走出去,我们陕北民歌有条件走出去,让西北的回响去引发世界的惊奇!

是为序。

赵季平
西安音乐学院院长
2009年6月15日

前 言
Preface

让激情在黄土高原上燃烧
Let Our Passion Inflate over the Loess Plateau

  在地球的东方有一个古老的龙的民族。在这块古老的貌似雄鸡高鸣的版图上，有一块大片土地沙化成大漠、黄河淤泥浑涌而形成的黄土高原，在黄土高原的中部，有一片一望无尽的荒沙沟壑丘陵川道。那就是陕北，陕西的北部，那块曾经为原始森林覆盖，而今已经是荒漠一片的地方，那个曾经流放过水浒英雄，驰骋过杨门名将，转战过毛泽东的军队，令一代贤相周恩来落泪，可而今仍然基本上是贫穷落后的地方。

  这里奔腾着一泻千里蔚为大观的黄河壶口瀑布，磐龙山下坐落着据信是人文始祖黄帝的陵墓，山坡上植有各种姿态的松柏，郁郁葱葱。在与内蒙古草原相接的地方，在沙漠的边缘，这里残留着古老的榆林城墙，和一堆一堆犹如边关将士身首异处的古长城遗迹。这里矗立着延安宝塔和延河旁一座座新建的高楼，在延安市区几绕延河水的新旧大桥红得耀眼。清凉山上有范文公的寺庙和几经毁坏的万佛寺，也有近人今人写得很好或写得很差的崖上题词——考其动机，无非是想在这给人回想和希望的地方，为自己或后人留下一星半点的雁泥鸿爪。

可真正流芳百世的不是那红石峡上摩崖石刻的文字，不是那些题有名人名字或手迹的文物古迹和窑洞集镇，不是博物馆里保护得严严实实的塑像和画像，更不是那玻璃下生了锈的枪支和褪色了的红缨，而是那些每日在改变着面貌或者千年万代并没有改变多少的山川河流沟岔土丘，还有那一声声飘过云头回响在耳边的信天游。唱那信天游的，也不是训练有素的著名歌手，而是那走过大漠荒丘、经历世事变迁、胸中大有丘壑的有了或没有婆姨的放羊人，或是有了或没有汉子的婆姨。或许他们过着令庄子也羡慕的逍遥生活，才能唱出如此舒心的曲子吧。

不过，听起来，那信天游却是悲凉而激昂的：

背靠黄河面对着天，
（哎呀）陕北的山（来）山套着山。

红崖疙岔胶泥洼，
（哎呀）谁不说这是金疙瘩（来）银疙瘩！

东山上的糜子西山上的谷，
（哎呀）咱们黄土里笑（来）黄土里哭。

山曲好比那没梁子斗，
（哎呀）甚会儿想唱甚会儿有。

抓上一把黄沙撒上天，
（哎呀）信天游永世也唱不完。

事实上，自然生态与人文传统为陕北文化奠定了悲凉而乐观的基调，也为陕北民歌提供了丰富的音乐文化内涵。陕北地处黄土高原，但历史悠久，生态变迁复杂，而文化源远流长。新石器时代这一带气候温和，水利资源丰厚，亚热带植物茂盛，先民们以采集和狩猎为主，渔猎经济发达。秦汉以来，这里是边陲，华夏民族与匈奴、鲜卑、羌、党项等少数民族在这里居住或交汇，风云变幻，战事频仍，自然环境遭到破坏，而文化交流与渗透则从未停止。古遗迹、古墓群遍布各地，北魏及唐宋元明历代石窟艺术发达，民间剪纸、刺绣更是丰富多彩，再加上音乐上有蒙汉调（满汉调）、花儿等亲缘关系品种的存在，都为陕北民歌的诞生和成长提供了丰富的资源和营养。

从文明形态上来说，陕北文化可以看作是游牧文明的退化和变异状态，或者是农业文明的欠发达阶段。当前农牧兼营的生产方式独树一帜，凝固在黄河流经的黄土高原上，成为一种历史的积淀和祭奠。因此，陕北的民歌具有北方游牧民族特别是蒙古族民歌的悠扬和豪放，同时不乏关中平原民歌和地方小戏的哀怨和凄凉。又由于地域接近和方言带的连通与影响（陕北东部与山西隔河相望，北接内蒙古，而西北方向直通宁夏和甘肃，陕甘宁青形成一条方言带，甚至连通青海，遥呼川藏），这样在长期的发展过程中，陕北民歌又吸收和融合了邻近地区的曲调和乡音,形成了山歌、小调、劳动号子等多样化的民歌格局。

信天游是陕北民歌中山歌的一种形式。由于它不拘形式,顺天舒意,自如而流畅,狂野而忧郁,故而又有"顺天游"的名称。在音乐形式上,信天游形成了几十种曲调,可以自由组合和即兴发挥,或抒情或叙事。而在歌词的语言形式上,则以两句结构的七字句为主,兼有八字、九字、十字,甚至字数更多的句子。其语义关联是:上句起兴,常现眼前景物;下句抒情,直抒胸中所感所思所咏所叹。体制上信天游也有长短之分,有简单与复杂的区分,前者是单一抒情性的,例如《小妹妹想你不由得哭》,后者则是具有一定情节性和叙事性的作品,例如《三十里铺》,在演唱方式上也可有男女单独唱、对唱或合唱等体制。无论取何种唱法,都能节奏伸展自由,音域宽广且高亢奔放,令人陶醉,令人神往。

令人陶醉的不仅是一首一首的民歌,还有那民歌背后的感人至深的故事。

那首流传极广的《蓝花花》就是根据美丽的陕北少女蓝花花的故事写成的。蓝花花原本名叫姬延琴,延安人,生于1920年,只活了21岁。她与杨五娃的爱情悲剧,感动了音乐家孔厥和袁静。1946年他们创作了以反封建为主题的大型歌剧《蓝花花》,遂在全国各地广为传唱。此后,更改编成多种形式的音乐和表现艺术,流传海内外。

《三十里铺》也是一个真实的故事。三哥哥和四妹子的感情,绝不是空穴来风。但若不了解背后的事实,现有歌词本身的跳跃性和个别细节的不吻合，就不能得到恰当的解释。另外，除了歌词叙事的简约性之外，作为创作歌曲，它的版本之所以相对稳定，也能从中得到解释。

《三十里铺》是著名的陕北民歌。1937年绥德三十里铺村郝家的三儿增喜与王家的四女王凤英相爱，但却遭到双方父母的反对。1938年郝增喜与父母包办的常秀英结了婚。王凤英本想跳河了却一生，却撂不下她的三哥哥。1942年郝增喜参军。凤英站在硷畔上流泪为他送行，增喜一步一回头。此情此景感动了民歌手常永昌，遂唱出了这首民歌。

(《陕北信天游与剪纸》，黑建国编撰，外文出版社，2003年，第51页)

我想，神往于陕北民歌和信天游的，绝不会是我一人。可是我，作为一个生长在陕西关中平原上的普通人，确实为陕北民歌那质朴的言辞和优美的旋律所感动，为她所抒发的自然本源的人生理念和人文情怀所激励。感动中常常禁不住流出热泪，激励时更有回归黄土地的意向。记得第一次去陕北，是在七十年代后期去"开门办学"，住窑洞，学英语，用英语说相声，演话剧。白天在延安丰足火柴厂拉大锯，晚上听北京知青叙说自己的身世和志向。足迹虽只限于延安，可时间比较长，有两个多月，印象也很深。二十多年后，又经过了八十年代"西北风"的猛吹，去年夏天，当我已经不再是一个血气方刚的青年，而是到了几近知天命之年的时候，适逢陕北之行在延安和榆林教书，课间休息时听那男女学生土得掉渣的演唱，领悟到那独特的西北风光和民间音乐，这给了我极大的冲击力和吸引力，也使我有了一个想为之做点什么的想法。

我不是音乐人，也不懂音乐艺术，不能直接为自己所喜欢的陕北民歌做出什么贡献。可是，我可以用自己掌握的英文为陕北民歌的翻译传播做一点事情。事实上，这个想法可以说肇始于一天黄昏在榆林街头购置一支竹箫，而真正的实施在从陕北回到西安不久就已经开始了。不过，作为一个行动计划，它的系统工程和臻于完成，却是在半年之后到了天津才抽出时间实现的。对于我来说，从原声带上听写歌词和累积翻译的过程，不仅意味着思乡之情的一种寄托——就如同我在美国两年经常含泪听那盘《西北歌王》时的感受一样——更意味着从译诗写诗到唱歌译歌的一种进取。之所以是进取，无非是说，译歌比译诗在艺术的要求上更高一层而已。

不过这样说，绝不意味着我的诗艺译艺有了多大的进步和提高，而是说，我觉得在一次一次被感动的时候，得有一点具体的行动来回应这个艺术感受的过程，因而不知不觉使自己进入了艺术品的再生产过程中去。可有一点倒不完全是出于兴趣，而是有了一点生活和理解的基础。那就是，我在翻译这些歌词的时候，会自然联想到那块土地和土地上的人民以及他们的生活情调，从而觉得和他们十分接近，就如同我在上课之余和那些可爱的陕北学生接近一样。而在更多的时候，我甚至觉得自己回到了关中平原上的童年时代，回到了生我养我的大西北的父老乡亲们中间了。再有一点,就是我在翻译这些歌词的时候,总是想到那些在西安和国外时认识的讲英文的外国朋友,希望他们能借助于我的翻译了解我所熟悉的人们和生活,从而达到一种跨文化的、艺术化的深层交流。不难想象,歌词的翻译,若要在艺术效果上追求这样一种理想境地,就不可能是一种字面的机械翻译了。

翻译的第一步和基础是一个有序而有效的原始歌本的编就。

当我试图把那飘荡在空中的信天游一首一首地记录下来,让它们能够形成一个可用的本子的时候,一个突出的问题来临了。那就是,如何可以找到适合我的选本?没有别的选择,只能在一首一首不同版本的歌词之间进行取舍和编订。不知不觉,也积累了一百来首。回想起来,我的做法和工作的程序大概有如下几点值得注意:

1. 从我在陕北和各地购买来的歌带和歌碟的播放中将歌词听写下来,然后加以文字的确认和标点的安排。这样听写下来的歌词,因为有音乐的演唱作为后盾,在理解和感受上比较接近原生态的音乐状态,可以加深对歌词意义的理解。不过实际上不会如此简单。因为碟的质量姑且不论,有些是陕北黄土高坡上原生态的环境和原生态的人,有些则是商业性的经过现代加工的南方水乡歌舞片,甚至泳装片。稍不注意还会被误导,进入歧途。

2. 从不同来源的歌本上,查找和选取自己感兴趣的歌词,鉴别它的原始性,汇聚它的离散性,使之成为一首相对而言有意义的歌词。因为陕北民歌在不同的地域有不同的版本,有的简直就是随口而出、即兴而唱，并无固定的词语，只有简单的曲调可以依存。例如1993年出版的《信天游五百首》，许多只是片段，而完整的歌词并不多见，重复的有很多，实际上需要一个严格的筛选和编辑过程。其中，有个别的歌词已经是几个片段合成的结果，有的则是删节重复突出精华的表现。

3. 在以上的两个程序的基础上，按照主题和内容分栏目进行顺序编排。总体格局是反映陕北的生态环境和人文环境、人们的生存状态与精神气质以及音乐上的表现方式和效果，并适当照顾苦难、流浪和革命、爱情题材，突出黄河和黄土文化的厚重肌质，表现苍凉而乐观的人生态度。同时，再继续收集和持续扩充篇幅和内容，延续到新时代的变化和新生活的面貌。在形式上则包括一些有地方特色的创作歌曲的选用，甚至一些地方小戏和影视剧作品的插曲等。这样，就形成了一个比较丰富多彩的陕北民歌选本系统——而且应当说，是一个广义的西北歌曲的回响系统。

翻译的过程也是一个十分复杂而且持续了九年的艺术再创造过程。

首先，相当长的时间是在摸索翻译的格局和基调，往往在歌唱性和文学性（诗性）之间调和，或者在押韵和不押韵之间调和，于是产生的歌词有不同的侧重和表现形态，很难找到统一格局。其次，是语言格调的问题，尤其是其中使用的方言土语，如何翻译是一个很大的难题。还有就是如何体现比兴关系和深层意蕴的表现，而不是淡如清水而寡味。经过一段时间的摸索、修改、润色、提高，终于形成了一个基本的翻译格调。现在把这些要点总结出来，权当是一些原则的认同吧：

1. 译文中的方言不得已变为英语的习惯表达法，至少是口语表达法。

2. 根据实际音节多少和句长的需要采用简略译法，个别的有所增益。

3. 译文的表现比一般所谓的歌要多一点诗味，但比诗词要通俗一些。

4. 在语义上力求比兴之物与心中实情有一定的对应关系或寓意关联。

5. 在译事范围内尽量变不可译因素为可译因素，否则便忍痛舍去。

6. 歌词的垫字和装饰性词语完全舍去，而营造气氛的呼号则尽量仿造。

7. 不追求押韵，但不回避自然的韵，力求讲究节奏感和句子长度控制。

8. 在一切可能的情况下，力求以各种形式的英语诗歌特点或因素补偿之。

9. 对于无法翻译的文化词语和必要的背景知识，加注说明。

10. 宁可使文化因素异化而陌生，而不追求过分归化而使之流畅滑溜而过。

显然，这样译出的歌词可以朗诵，但很难达到演唱水平，因此可以称为文学性翻译，尚难说是艺术性翻译。因为在我看来，真正的艺术性的歌词翻译，应当是照顾音乐节奏和韵脚且可以演唱的音乐文本（往往称为译配词），而不是这里所提供的语义翻译的文学文本。而这种理想的译本，尚有待于有心人尤其是音乐家或词作家做更加成熟的翻译探索，或许到那时，这个文本可以作为一个改编的基础。因此也可以说，本人的尝试只是一连串抛砖引玉过程的开端而已。

在这个本子已经具有了相当的规模，而翻译也基本上完成的时候，大约是两年前，想到了要写一个较长的后记，来系统地探讨一下陕北民歌的翻译问题，于是就有了正文后面的后记："努力探索中国民歌走向世界的歌唱语言"。正好与这篇前言相对照，即"让激情在黄土地上燃烧"。还有基于自己两次去陕北的生活与教学经历所留下的一组《陕北组诗》，以及那专门为《蓝花花》而作的外一首，也作为附录，一起献给即将在西安召开的首届陕北民歌译介研讨会，献给我难以割舍的民间情意和魂牵梦绕的黄土地，献给我喜爱的陕北民歌！

但愿有更多的有心人能从事中国民歌的翻译！

但愿有更好的陕北民歌译本不久问世！

但愿中国民歌能走向世界乐坛！

王宏印

2001年9月20日草就

2004年1月3日修改

2005年1月3日再修改

2006年6月14日定稿

2007年8月20日又改

2009年4月24日改定

第一部分 黄河颂
PART ONE THE YELLOW RIVER

黄河颂

1. 黄河船夫曲

（哟——嗬嗬——，嗬嗬嗬嗬嗬——）
哎，你晓得天下的黄河，几十几道湾哎？
　几十几道湾上，几十几只船哎？
　几十几只船上，几十几根杆哎？
　几十几个艄公哟嗬来把船来搬？

（哟——嗬嗬——，嗬嗬嗬嗬嗬——）
哎，我晓得天下的黄河，九十九道湾哎。
　九十九道湾上，九十九只船哎。
　九十九只船上，九十九根杆哎。
　九十九个艄公哟嗬来把船来搬。

（嘿哟嗬嘿哟，嘿哟嗬嘿哟，嘿哟嗬嘿哟，嘿哟嗬嘿哟，
嘿——哟——嗬嘿哟嗬哟嗬，嘿哟嗬嗬，嘿哟嗬嗬，
嘿——哟嗬嗬，哟——嗬嗬——嗬嗬嗬嗬嗬——）

Boatmen's Song on the Yellow River

(Yo-ho-ho-, ho-ho-ho-ho-ho, Haiiiiiiiiiiiiiii)
How many bends, do you know, does the Yellow River have?
And how many boats are there on these bends?
And how many masts are there in these boats?
And how many boatmen are rowing the boats?

(Yo-ho-ho-, ho-ho-ho-ho-ho, Haiiiiiiiiiiiiiiiii)
I tell you that the Yellow River has ninety-nine bends,
And on the ninety-nine bends are ninety-nine boats,
And in the ninety-nine boats are ninety-nine masts,
And ninety-nine boatmen are rowing the boats.

(Heyoho-heyo, heyohoheyo, heyohoheyo, heyohoheyo,
 Heyohoheyoyoho, heyohoho, heyohoho, heyohoho,
 Yo-ho-ho-, ho-ho-ho-ho-ho)

【翻译提示】

　　《黄河船夫曲》是一首名曲，高亢而豪迈，激越而苍凉。这首歌的翻译，以声音模仿的形式保留了原歌词中烘托气氛的呼喊语言，有利于营造一种紧张而宏大的黄河奔流的气氛，同时注意传达歌词正文的相对整齐的美感，使歌词在整齐而错落的旋律中抒发船夫那豪迈的情感。通过这样的艺术处理，就在规整与错落的审美要素之间找到了一种富于变化的歌唱性和宏大场面的音乐感的平衡。

2. 过黄河

(嘿——,嘿——
　过黄河呀——,过黄河呀——)

猪皮的筏子后生①的哥,
放筏子你不要落下我。
一句话说不清为什么,
妹子铁铁地要过黄河,
要过黄河,要过黄河。
(过黄河呀,过黄河呀。)

黄沌沌的漩子②白沙沙的浪,
虎狼的涛声一阵阵。
上筏子我是你的护身的菩萨,
下筏子你是我的保命的人。
(过黄河呀,过黄河呀。)

黄河里翻的是满腔的苦,
筏子上载的是满心的爱。
风浪紧我扑进哥哥③的怀,
风浪慢也实实地不起来。

---

① 后生:小伙子。
② 漩子:漩涡。
③ 哥哥:民间恋爱的男女以哥妹相称。

（哎嗨）若是老天长了眼哪，
恶水里留下相亲的人[①]。
若是命歹俺也认哪，
河里去的不只我一人。

猪皮的筏子后生的哥，
过黄河你不要落下我。
一句话不说为什么？
妹子生生地[②]跟定哥哥，
跟定哥哥，跟定哥哥。
（嘿——，嘿——
嗬——，嗬——）

Cross the Yellow River

(Haiiiiiiiiiiiiiiiii, haiiiiiiiiiiiiiiii!
Cross the River! Cross the River!)

The pig-skinned raft is ready, my dear.
Don't leave me alone when you float the raft.
I will follow you and cross the Yellow River,
Or otherwise, tell me why you couldn't take me.
(Cross the River! Cross the River!)

[①] 相亲的人：相爱的人。"相亲"的另一义是找对象、看对象。
[②] 生生地：铁铁地，坚决地。

黄河颂

Muddy whirlpools and white billows I see,
And billows' howl like wolves I hear.
I am your protector on the raft,
And off it, you protect me.
(Cross the River! Cross the River!)

The River is full of miseries,
And the raft is full of love.
Billows throw us into each other's arms,
And nothing at all can separate us!

We will get all these over
If Heaven'd help us out;
And I'll take whatever it comes
If devil'd tear us apart!

The pig-skinned raft is ready, my dear,
You won't leave me alone, will you?
Why don't you utter even a single word, my dear?
And I would get across the River and follow you,
And I would follow you, wherever you go!
(Haiiiiiiiiiii, haiiiiiiiiiiiiiiiii,
  Huoooooooo, huoooooooooooo!)

【翻译提示】

　　这首创作的艺术歌词,从妹子的角度描写跟定哥哥过黄河的艰险和决心,表达了一种至高至纯的爱和生死相依的精神。译文保留了第一人称的叙事和抒情角度,但改变了"哥哥""妹妹"的说法,弱化了一些地方色彩,在形象性上难免有所损失。同时,保留激烈的氛围和情感方式,适当规整唱词的句和行,并有大写的河(River)表示人们对黄河的敬畏,调整了"过黄河呀,过黄河呀"的背景音乐的位置,使整首歌词前景更加突出,更加浑然一体,感人至深。

3. 黄河源头

（哟——，哎嗨哟——）
黄河的源头在哪里（哎）？
在牧马汉子的酒壶里。
黄河的源头在哪里（哎）？
在擀毡姑娘的歌喉里。

浑格嘟嘟地流呀流，流千年积怨。
甜格润润地飞呀飞，飞千里万里。
一朵浪花是一个故事，
撒向（那个）神州古老的土地。
（哎——，哎——，
　哎——，哎——）

黄河的源头在哪里（哎）？
在昨日泛黄的史书里。
黄河的源头在哪里（哎）？
在今天融化的积雪里。

苍格茫茫地涌（呀）涌，铺天（呀）盖地。
金格闪闪地淌（呀）淌，融多少寻觅。
一朵浪花是一个脚印，
向太阳（那个）升起的地方走去。
（哟——，哟——
　哎嗨哎嗨——，哟——）

西北回响

The Yellow River Source

(Yoooooooo, Aihaiiiiiiiiii, Yooooooooooo!)
How can I find the source of the Yellow River?
The herdsman drinks it from his wine pot.
How can I find the source of the Yellow River?
The felt-rug-rolling girl sings of it by her folksong.

Look yonder,
Its muddy water flows for thousands of years,
   Through ups and downs, and odds and ends.
Its big waves push ahead for thousands of miles,
   By leaps and bounds, and twists and turns.
Every wave tells a story of the nation,
And speaks for this ancient oriental land.
(Aihaiiiiiiiiiiiii, aihaiiiiiiiiiiiiii,
  Aihaiiiiiiiiiiiiiiii, aihaiiiiiiiiiiiiiiiii!)

How can I find the source of the Yellow River?
The historians write about it in their records of the past.
How can I find the source of the Yellow River?
The frozen snow melts into her sweet spring stream.

黄河颂

Look yonder,
Gathering its forces from the spirit of the universe,
　The Great River gallops forward with all main and might.
Enlightened by the movement of the cosmic energy,
　The great scope of water gains the first glimmerings of light.
Each billow takes a big sturdy step forward,
And it strides towards the splendid rising sun.
(Yoooooooooooo, yooooooooooooo,
　Aihai-aihaiiiiiiii, yoooooooooooooo!)

【翻译提示】

　　这首仿照民歌创作的艺术歌曲的翻译，在语言上运用了"看哪"（Look yonder）单独成行领起诗节的章法处理，将牧马汉子和撵毡姑娘处理成单数，并连续使用英语成语和拟声词，造成大河奔流的气势和明快的节奏感。同时，在关于历史沉思的诗句的命题上也有些微妙的变化处理，例如，用从容叙述的方式间接地回答黄河源头在哪里的问题，以便获得歌曲主题上的深度暗示。当然，高亢的呼喊声作为背景，烘托了宏大的气氛和遥远的过去。

4. 黄河情歌

黄河水长流,
漂去了一只舟。
情郎哥哥撑船(哟),
每日水上游。

船儿水上游,
(二那)妹子招一招手。
有两句的(那个)知心话,
你牢牢记心头。

风里行,浪里走,
棹竿莫离手。
眼放亮,心放宽,
向前莫回头。

黄河水长流,
漂去了一只舟。
情郎哥哥撑船(哟),
你莫把妹担忧。

妹妹我一心心[①],
等你到白头。

---

① 一心心:一心一意。

黄河颂

A Love Song by the Yellow River

Far the River flows
Away a boat, a boat.
My love, a boatman,
The fishing boat he rows.

Away the boat flows,
I wave goodbye to you.
I have a few words
Just let you know:

"In rough wind and wave,
Hold the punt-pole tight.
And take it easy always
And never look back!"

Far the River flows,
Flows away a boat, a boat.
I tell my love in the boat:
Worry about me? Don't.

For I'll wait
As long as
My long hair
Turns grey!

【翻译提示】

　　这是一首朴实而味长的北方民歌，犹如江南小调，但味道却不同。简单的叙事，单纯的抒情，直露的表白，悠悠的韵味，扣人心弦。英文采用类似的 oh 韵，表达淡淡的背景下淡淡的思念（1、2、4 节），间或采用错落和散乱的韵脚，表达果决的嘱咐和誓言（3、5 节）。除此之外，间接引语变为直接引语，最后一节由两行变为四行，这些都增强了抒情性，使得爱情的主题有力地突现在黄河沿岸的背景上，成为西北民歌的千古绝唱。

第二部分 西北剪影 | PART TWO THE GREAT NORTHWEST

1. 秋收

九月里九重阳秋（呀）秋收忙，
谷子（呀那个）糜子（呀）收（呀）收上场。

红个丹丹太阳（呀）暖（呀）暖堂堂，
满场的（那个）新糜子（呀）喷（呀）喷喷香。

新糜子场上的铺（啊）铺（呀）铺成行，
快铺起（那个）来打场（啊）来（呀）来打场。

你看那谷穗穗（啊）多（呀）多么长，
比起了那个往年来实（呀）实在强。

Autumn Harvest

The ninth month is the busy time for autumn harvest;
Millet and broomcorn millet all go to the threshing ground.

The sun shines so hot and bright on the ground,
And the millet smells so very sweet to our noses.

Spread quick the millet crops on the threshing ground,
And thresh the millet grains while the sun is hot.

Look, how long the millet ears are and how heavy!
This is for sure the best harvest we've ever had for ages.

【翻译提示】

这是典型的陕北信天游的双行结构,前句为起兴,后句为叙事。在翻译上反复重复一个词语和一个尾韵(ground),企图仿造原歌词的效果,但同时难免失掉了民歌常用的垫字的特点。而在语言使用上借助套改成语(And thresh the millet grains while the sun is hot.)、运用头韵和增加动宾结构等表达式,在表现的力度和口语化方面或许能有所补偿。

2. 打樱桃

阳婆（嘞）婆上来丈二（呀）高，
风尘尘不动（哎嘞哎嗨）天（呀）天气好。
（哎嗨哟）引（嘞）上妹妹（哎哟）去打樱（嘞哎嗨）桃。

红（格）丹丹的阳婆婆（呀）满山照，
手（嘞）提上篮子（哎嘿嘿嘿）抿呀抿嘴嘴笑。
（哎嘞哟）跟上哥哥去打樱（嘞哎嗨）桃。

站在（的那个）坡上瞭①（呀）瞭一个瞭，
瞭不见那山长（嘞）着好樱桃。
（哎嗨哟）咱两人相跟上走上走上那一遭（哎）。

Pick Cherry

The Granny Sun appears up to ten feet high,

No wind, and a fine day is ours.

And I'll go to pick cherry. Go, my dear.

The Granny Sun shines all over the mountain,

I carry my basket and smile merrily.

And I'll go and pick cherry—with my dear.

---

① 瞭：看，望。

We stand high on the hillock and look yonder,
We see nowhere grows the cherry tree.
But we go together all the way.

【翻译提示】

  歌词的翻译，一如诗歌，要有趣味。这首三行一节的歌词，本来就比较活泼快乐，而且隐含了一对男女的幽会。中文"引上"（领）和"跟上"（随）的意思可以用呼语和状语表现出来，而最后一节则是一个集合的心思和意象，以逐渐缩短的句子表达内心的喜悦之情。至于"阳婆婆"（阴性的太阳，使人倍感亲切）的说法，是陕北特有的，必须保留，结合而为一个词 the Granny Sun，整首歌词顿时生辉。

3. 陕北是个聚宝盆

陕北地方有啥宝?
旱烟①(这)毛皮②和甜干草③。

土里埋着金疙瘩,
珍珠(这)玛瑙(呀)满山洼。

陕北是个聚宝盆,
祖祖(这)辈辈(呀)挖不尽。

Northern Shaanxi Is a Treasure House

What valuable things does Northern Shaanxi have?
Aha, tobacco, sheepskin and licorice root.

Gold is buried under ground everywhere,
And pearl and agate are hidden in the mountains.

Northern Shaanxi is a treasure house.
Its resources are infinite and boundless.

---

① 旱烟:烟草。
② 毛皮:羊皮。
③ 甜干草:一种根茎类中草药,味微甜。

【翻译提示】

　　除了直译歌词中的物质名词以便表现生活的原生态以外，感叹词语的增加也是营造民歌风味的一种手段。此外，变具体为抽象的意译法也是不得已的办法，但并未太多地减损民歌的意义，例如以"宝库"译"聚宝盆"，虽有损失，但不得已。由于转换为英文的表达方法，使得一些词语例如最后一句的"祖祖辈辈"，在英文本身的语句中，则可以省却不译。

4. 祈雨调

（1）
哎，龙王救万民哟！
清风细雨哟救万民，哎，救万民！

天旱了，着火了，
地下的青苗晒干了，哎，晒干了！

天旱了，着火了，
地下的青苗晒干了，哎，晒干了！

地下的青苗晒干了，哎，晒干了！
哎，晒干了！哎，晒干了！
哎，晒干了！

（2）
龙王老爷爷（噢）早下了，
西葫芦南瓜咋[①]晒死了。

龙王老爷爷（噢）早下了，
早下海雨[②]救万民。

---

① 咋：陕北方言，怎么。但这里是虚词，只表程度。
② 海雨：大雨。以海为大，是民间思维。

（3）
青龙大王老人家，
再下（哎）十分的海雨救万民，
巳时布云午时下雨救万民。

青龙大王老人家，
再下（哎）十分的海雨救万民，
巳时布云午时下雨救万民。

Pray for Rain

(1)

King of Dragon, save the men!
Please, rain, and rain! Save the men!

It's burning! It's burning!
Crops are burning! Burning!

It's burning! It's burning!
Crops are burning! Burning!

It's burning! It's burning!
Crops are burning! Burning!

Crops are burning! Burning!
It's burning! It's burning!
Burning! Burning!

(2)
King of Dragon, please rain!
Pumpkin and marrow are dry!

King of Dragon, please rain!
Rain for the salvation of men!

(3)
Blue Dragon, the Great King,
Please rain hard to save men!

Gather clouds in the morning,
And make a downpour at noon!

【翻译提示】

第一首《祈雨调》模仿北美印第安人的祈雨调，运用民歌节奏与重复效果，进行仿真翻译。第二首和第三首则规整原来的诗行到一个常规的双行结构，使其避免不必要的信息重复，造成艺术上的凝练效果。而在语言凝练、信息集中的同时设置相对整齐的脚韵和行内的节奏感，可以造成类似于原文的祈祷老天下雨的民俗效果（例如"天雨"和"万民"的滋养关系，以及上午祈祷和中午下雨的因果关系，即"巳时布云午时下雨救万民"）。

5. 木夯号子

领：麻里里雀，打肚肚飞，
　　飞来飞去上树梢呀么——
合：号一号二号三呀么再来着。

领：高高地起，端端地放，
　　小心打在个脚尖上呀么——
合：号一号二号三呀么再来着。

Rammers' Work Chant

　　Sparrow and sparrow,

　　Fly higher and higher,

　　High up to the treetop!

Chorus: Ram and tamp,

　　Ram and tamp,

　　And once again!

　　Ram and high,

　　Tamp and low,

　　Right on the spot!

Chorus: Right on the spot,

　　Mind your toe,

　　Mind your toe!

【翻译提示】

打夯的号子具有极强的节奏感和动作性,译文较之原文的诗行变短,行数增加的处理,就是为了适应这一特殊的民歌形式。同时,译文利用英文表示"起""落"的动词重新铸造新的劳动号子形式,造成特殊的辞趣和演唱性,其效果则为翻译之初始料未及。

6. 上一道坡下一道墚

上一道（那个）坡来（哎哟哟哎），下一道墚（哎），
想起了（那个）小妹妹（哎哟哟哎），好心慌（哎哟哎嗨嗨）。

你不去淘菜①（哎哟哟哎），岸畔②上站（哎），
把我们（那个）年轻人③（哟哟哎），心扰乱（哎哎嗨嗨）。

你在山上（哎哟哟哎），我在沟（哎），
探④不上那个拉话话人⑤（哎哟哟哎），招一招手（哎哎嗨嗨），
探不上那个拉话话人（哎哟哟哎），招一招手（哎哎嗨嗨），
招一招手，招一招手（哎嗨嗨）。

I Climb up a Slope and Come down a Ridge

I climb up a slope and come down a ridge,
And I think of my dear girl, and I fall into distraction.

Why don't you come washing greens but stand on the riverbank?
You simply stir up my love and I love you to distraction.

---

① 淘菜：洗菜。
② 岸畔：河岸，河畔。
③ 年轻人：青年，多指男性。
④ 探：抵，够，接触。
⑤ 拉话话人：说话的人，意中人。

Now you stand high on the top of hill and I, down in the dale;
I can't reach you there but simply wave my hand to you,
I can't reach you there but simply wave my hand to you,
To greet you, to greet you ...

【翻译提示】

民歌的呼语(小妹妹)诚然不能时时照搬,但替代性翻译还是可以找到。关键词(好心慌、心扰乱)译文利用同一词语(distraction)的不同用法,造成语势的累积和爱的爆发点,此时,变含蓄为直率就顺理成章了。而"拉话话人"的爱情表白的含蓄,变为空间上的不可及(reach),则只有退居"招手"了。

7. 崖畔上酸枣红艳艳

清早摘瓜过前湾,
崖畔上的酸枣红艳艳。
拦羊的哥哥打下它,
扑啦啦啦落下一铺摊,
落下一铺摊①。

我悄悄地走过去,
把酸枣放嘴边,
(哎呀)酸不溜溜甜,甜不溜溜酸,
酸不溜溜甜,甜不溜溜酸。
害得我丢了柳条篮篮,
丢了柳条篮篮。

摘瓜回头过前湾,
寻上②了我的柳条篮篮。
不知道为啥还没丢(哎哟),
酸枣儿装了个满,
酸枣儿装了个满。

---

① 一铺摊:一大堆,一大片,一大滩。
② 寻上:找到。

西北剪影

我心里正盘算,
那羊儿叫咩咩。
(哎呀)酸不溜溜甜,甜格丝丝酸,
酸不溜溜甜,甜格丝丝酸。
他把我的心儿搅乱,
  把我的心儿搅乱,
  把我的心儿搅乱。

Wild Jujubes on the Hillside

Early morning, I went out to get gourds,

I saw wild jujubes on the hillside so red and wet.

A shepherd beat the bush

And got the fruit down,

So many and so lovely

All on the ground,

All on the ground!

I neared on tiptoe

And picked one up

And tasted it 一

Oh, so sweet and sour,

So sour and sweet

That I ran away

And left my basket behind,

And left my basket behind.

When I returned from the field,
I tried to find my basket.
Why? It was still there!
But look, it was filled with wild jujubes,
Filled with wild jujubes,
Filled with wild jujubes!

As I was thinking about it,
I heard sheep bleating,
And how nice it smelled!
So sweet and sour,
So sour and sweet,
That I felt excited,
I felt excited,
Excited.

【翻译提示】

　　叙事中包含抒情，或者以叙事为抒情，是民歌常见的表情达意的手法之一。译文遵照原歌词的叙事顺序和角度，利用词组换序和同义重复的表达式，外加感叹词的使用，铺陈环境气氛，表达感情幽默，含蓄而尖刻，痛快而出人意料，效果极佳。对牧羊人和少女这样在西方文学史上也屡见不鲜的爱情主题而言，成语的化解〔beat (about) the bush〕，在表现主题上也具有深度暗示作用。

8. 崖畔上开花崖畔上红

合：崖畔上开花崖畔上红，
　　受苦人①盼着（那）好光（噢）景②。

男：青杨柳树长得高，
　　你看（呀）哥哥儿我哪搭儿（噢）好？

女：黄河岸上灵芝草，
　　我看哥哥儿你人品（噢）好。

男：干妹子你好来实在是好，
　　走起来好像水上（噢）飘。

女：马里头挑马不一般高，
　　人里头数上哥哥儿（噢）好。

合：有朝一日翻了身③，
　　我和我的干哥哥/干妹子④结（个噢）婚。

---

① 受苦人：劳动人，劳苦人，穷人。
② 好光景：好日子。
③ 翻了身：此处指改变了命运，生活好转。
④ 干妹子：非亲缘血缘关系的年轻女性，"女朋友"的委婉语。

西北回响

Flowers on the Hillside Are Red and Fresh

M & W: Flowers on the hillside are red and fresh.
        Poor people expect a good life as a red, red rose.

    M: Poplars now grow tall enough and mature.
        Why do you think that I've grown up and good for you?

    W: Good as the Magic Fungus on the Great River banks,
        You grow tall and kind and warm-hearted; there you go.

    M: But you treat me even better than I can do;
        You walk with a light-stepping manner, full of go.

    W: The horses are not of the same height, though,
        And nobody, you know, is as good as you.

M & W: I hope our life turns better someday —
        And that will be our very wedding day.

西北剪影

【翻译提示】

　　情歌唱法上的角色分离,译文较之原文要明晰得多,也时有变化。例如,第一节和最后一节都用了合唱,加强了演唱的效果。比兴用法在译文中,采用了尽可能的隐喻勾连的手法(例如"成长"—"长成");"人品好"一类抽象说法,则转化为极为口语化的肯定语气(there you go)。当然,全文的整体隐喻"开花""红",免不了借用苏格兰民间诗人彭斯的诗歌"一朵红红的玫瑰"(A Red Red Rose),使民歌风味和爱情主题同时彰显出来。

9. 哪搭搭也不如咱山沟沟好

亮一亮（那个）嗓子，我定一定（那个）音（哎），
我把咱们这二道圪梁就唱上（那）几声。

骑好（那个）马来穿（哟）新衣（哎），
我的（那个）妹妹（呀）实在美。
我的（那个）妹妹（呀）实在美。

我和我那个妹妹（呀，哎嗨哟哎哟哟哟）
　　（哎咿哟哟）双双骑上马，
妹妹的前脯脯[①]（哎嗨哟哎哟哟哟）
　　（哎哟）在我的脊背上爬（哎）。

绕过这圪梁梁（哎哟哟哎哟哟哟）
　　（哎哟哟哟）拐下了（那个）凹，
这搭搭[②]没有人（哎嗨哟哎哟哟哟）
　　（哎哟）咱二人拉话话。
　　（啊哎啊哎哎啊哎哎啊哎哎啊哎）

马驹驹（那个）撒欢哎，羊羔羔（那个）跳哎，
哪搭搭也不如咱们这山沟沟好（哎）。
哪搭搭也不如咱们这山沟沟好（哎）。

---

① 前脯脯：乳房。
② 这搭搭：这里。

西北剪影

Nowhere Is So Good as Our Wild Mountains

I clear my throat and set the tone, hai!
I prepare a song for our wild mountains.

Ride on horseback in your new dress,
My girl, you look so smart and so nice.
And you look so smart and so nice.

You and I now ride on the same horseback,
Your wonderful breasts fondle my back.
And your wonderful breasts fondle my back.

Over a ridge and down in a dale,
We are off for fun since nobody's here.
And we are off for fun since nobody's here.

Ponies gallop and lambs dance around;
Nowhere is so nice as our wild mountains.
And nowhere is so nice as our wild mountains.

【翻译提示】

　　此曲中类似于三步舞曲的陕北民歌曲调节奏，以及较长的纯语音性质的垫字，在译文中不易表现，因此，改为四八的平稳节奏，个别地方跳跃感有所增强。此外，重复每一节的最后一句，可造成一种奇妙的修辞效果。尽管使得原本舒缓从容的节奏变得紧凑而迫切，单调而直接，但总体艺术感觉上仍不失为信天游的一种变体。

10. 满天星星一颗明

满（啦）天（哎嗨）星（呀哎嗨）星一（啦）颗（哎）明，
天底下我就挑下了妹妹（呀）你一人。

九（啦）天（哎嗨）仙（呀哎嗨）女我（啦）不（哎）爱，
单（啦）爱我那小妹妹你（呀）好人才。

山（啦）在（哎嗨）水（呀哎嗨）在人（啦）情（哎）在，
咱二人（哎嗨）啥时候才能（呀）把天地拜？
咱二人啥时候才能才能把天地拜？

One Star Shines Overhead the Brightest

One star shines overhead the brightest;
I sort out you all over the world the nicest.

The fairy in the heaven I don't ever love,
For I have you, my love, and I love you alone.

Mountains stand firm and rivers flow away;
When should we enjoy our wedding day?
When should we enjoy our wedding day?

【翻译提示】

　　由于汉语诗散点透视的效果在英文中要改变，因此第一节的众多星星在情人的眼中集中到了一颗最亮的星上，于是就采用最高级的翻译手法了。第二节在突出强调"爱"和"只爱"的同时，淡化了"好人才"一类习见说法。第三节将"山""水"做了分化处理，一动一静，一常一变，人情的常与变自然在其中了。"拜天地"的民俗，以中性的"婚礼"代之，也属差强人意吧。

11. 对花

男：正月里开的什么花？
女：正月里开的是蟠桃花。
男：岂不知那花开多么大？
女：那七月里核桃是满院子青。
男：岂不呀儿哟花儿红，
　　花不呀儿哟楞僧僧。
合：楞僧楞僧岂不楞登儿僧，
　　那正月里花儿是开里个红。

男：二月里开的是什么花？
女：二月里开的是山茶花。
男：岂不知那花开多么大？
女：那七月里核桃是满院子青。
男：岂不呀儿哟花儿红，
　　花不呀儿哟楞僧僧。
合：楞僧楞僧岂不楞登儿僧，
　　那二月里花儿是开里个红。

男：三月里开的是什么花？
女：三月里开的是鲜桃花。
男：岂不知那花开多么大？
女：那七月里核桃是满院子青。

男：岂不呀儿哟花儿红,
　　花不呀儿哟楞僧僧。
合：楞僧楞僧岂不楞登儿僧,
　　那三月里花儿是开里个红。

Antiphonal Singing on Flowers

M: What flower is in bloom in the first month?

W: Flat peach is in bloom in the first month.

M: How large is the flower of flat peach, you know?

W: Its fruit hang green in the yard in the seventh month.

M: The flower is red and red is the flower, you know.

M&W: The flower in the first month is red, though.

M: What flower is in bloom in the second month?

W: Camellia is in bloom in the second month.

M: How about the flower of camellia, you know?

W: Its fruit hang green in the yard in the seventh month.

M: The flower is red and red is the flower, you know.

M&W: The flower in the second month is red, though.

M: What flower is in bloom in the third month?

W: Peach is in bloom in the third month.

M: How about the flower of peach, you know?

W: Its fruit hang green in the yard in the seventh month.

M: The flower is red and red is the flower, you know.

M&W: The flower in the third month is red, though.

【翻译提示】

　　对花的形式在各地民歌中很普遍。陕北的这首《对花》没有对到一年十二个月，只三个月就终了（七月是个结果的月份），但也可见一斑。每段中间男子唱法的纯粹语音上的游戏不去表现，而换用了调换语序的说法，也达到了强调语义和文字游戏的目的。至于语义上的些微出入与不和谐，甚至无意义（茶花是否会结果？），在民歌中并不十分重要，姑且不去管它也罢。只是"岂不知那花开多么大？"，因为后面的句子并没有给出直接的回答，而是说明了花开以后的结果如何丰盛，所以改译为"How about the flower of flat peach, you know?"（那蟠桃花儿开了会怎么样呢？）。

第 三 部 分 | PART THREE
劳苦的日子 | **HARD TIMES**

劳苦的日子

1. 野店

男：横天的乌云竖天的风，
　　一路路黄土没人烟。
　　独门子店里灯盏盏亮，
　　你家的望子①招我的魂。

女：白爽爽的被子热炕炕，
　　高粱老酒醉死人。
　　苞米子饽饽②蒸一锅，
　　备给你明早赶路程。

　　骡马的汉子③亲哥哥（呔），
　　为啥你不吱声？
　　为啥你不吱声？

　　牲灵儿牵着你走一生，
　　苦菜菜④熬苦我孤单单人。
　　千里万里俺一个店，
　　今晚我做你屋里的人。

---

① 望子：酒旗。
② 苞米子饽饽：玉米面馍馍。
③ 骡马的汉子：赶骡马的汉子。
④ 苦菜菜：一种野菜，味苦。这里象征苦命。

骡马的汉子亲哥哥（呔），
你千万别吱声。
你千万别吱声。

男：横天的乌云竖天的风，
一路路黄土没人烟。
独门子店里灯不亮，
红扑扑望子拔了根。

哪里去找我的亲？
哪生还有我的贴心人？
哪里去找我的亲？
哪生还有我的贴心人？

A Country Inn

M: A strong wind blows across the cloudy sky.
　　A road goes lonely through dusty Loess Plateau.
　　A country inn is glimmering with window lights.
　　A streamer flies in front to call for my soul.

W: A clean quilt is ready in a warm *kang* bed.
　　A pot of sorghum wine is sweet for a drink.
　　A pan of corn bread is fresh from steaming
　　—All for you to take on tomorrow's journey.

劳苦的日子

Cart-driver, my dear man,
Why don't you utter a word?
Why don't you utter a word?

You've been with cattle for so many years,
I've tasted life so bitter and solitary.
My inn is the only one and special for you,
And tonight with me I want you to stay.

Cart-driver, my dear man,
Don't say anything to me.
Don't say anything to me.

M: A strong wind blows across the cloudy sky.
A road goes lonely through dusty Loess Plateau.
The country inn closes down in the dark night.
The streamer in front of it is seen no more.

Alas! What has happened here?
Where can I find my dear woman?
Alas! What has happened here?
Where can I find my dear woman?

【翻译提示】

　　这首创作的民歌，是在叙事中表达人生巨变和命运感中的爱情，是一种纯真的成熟的爱情。翻译采用英语的不定冠词 A 领头建行立句，构成一种环境和氛围的持续铺垫，而在你和我之间的隐性对话中，完成抒情的情节化过程，最后以独白和疑问的方式从正面感叹和抒情。在语言上，保持了中国北方"炕"的形象，但改变了"亲哥哥"的呼喊而为"my dear man"［我的（男）人儿］。"苦菜菜熬苦我孤单单人"这种带有典型的陕北三节拍的语言，在翻译中不得已而丧失掉了。

劳苦的日子

2. 老井

你要问我这口井有多深,
它打死了祖辈几代人。
你问罢青天,你问过大地,
它打进、打进了地狱十八层。
哪怕你一去不回头,
你忘不了这里的井一口。
哪怕我日夜看又守,
也守不了这里的井一口。
春春秋秋它不出水,
今天它眼里情悠悠,情悠悠,
　　　　情悠悠,情悠悠。

你要问我这口井有多深,
它打碎了你我的两颗心。
你问罢前生,你问过来世,
它打碎、打碎了你我两个魂。
要走你就快点走,
要走你且莫停留。
要守我还要守,
守到那井水漫井口。
是苦是甜我替你尝,
是泥是水喝个够,喝个够,
　　　　喝个够,喝个够!

西北回响

This Old Well

You asked me
How deep on earth this well is, and
How many people died in digging it. Well,
You asked the sky, and then the earth,
And you know it goes deep into the 18th hell.
Even if you leave this place,
You can't forget this well.
Even if I stay day and night by the well,
I can't stay all the time by it.
It's been so dry four seasons through,
And today it seems to be wet with tears,
           And wet with tears for you.

You asked me
How deep on earth this well is, and
How this well has broken the hearts of us two.
You asked the previous life, and then the afterlife,
And you know it has broken the souls of us two.
Go off quickly if you go.
Go off far away if you go.
And I'll stay and stay and stay,
And stay till water comes out.
And then I'll drink it for you,

劳苦的日子

> Whether it's muddy or clear, bitter or sweet,
>   I'll drink it all for you!

【翻译提示】

  《老井》是著名导演张艺谋主演的电影《老井》中的创作歌曲,但民歌味道很浓。译文的排列形式更加突出和强调内心的独白与孤独的对话。在语言上,译文创造性地运用连续动词形式(模仿汉语的连动式),推进率性与坚强的性格宣泄,尤其是创用井水为眼泪的隐喻,深化爱情悲剧主题,摆脱"情幽幽"一类抽象说法,收到了一定的艺术效果。

3. 女儿歌

六月里黄河冰不化，
扭①着我成亲是我大②。
五谷里数不过豌豆圆，
人里头数不过女儿可怜，
女儿可怜，女儿哟！

六月里黄河冰不化，
公家人③不知我会唱歌。
干石板栽葱头扎不下根，
想说心事我开口难，
开口难，女儿哟！

天上的沙鸽对对飞，
不想我的那亲娘再想谁？
不想我的那亲娘再想谁？

---

① 扭：强迫。
② 大：父亲。
③ 公家人：指干部或军人。

劳苦的日子

Song of a Poor Girl

The Yellow River is still ice-frozen in June,
And my father forced me to marry a man.
A pea grain is the biggest of all grains,
And a girl is the most miserable of all creatures
—The most miserable of all!

The Yellow River is still ice-frozen in June,
And the cadres know nothing of my singing.
The onion can't take root in the stone plate,
And as a girl I can't spell out my love, my love,
—The most miserable of all!

Wild pigeons fly in couples across the sky,
And I can't help thinking of my mother and I cry.
—And I think of my mother and I cry.

【翻译提示】

这是电影《黄土地》中的歌曲。以浑黄的黄河水为背景的陕北女儿在反抗封建包办婚姻和争取恋爱婚姻自由之间徘徊挣扎,表现为对于父权专制的恨和对于母亲母爱的爱之间的强烈对比。这一对比在翻译中通过想母亲时增加"哭泣"的字眼得到加强,并让经久积聚的能量得到宣泄,而不仅仅是为了韵脚的缘故。同时加强的还有一般说法的"成亲"改为"嫁给一个男人"(to marry a man),这样可使原文的"扭"滑落为一般的"迫使",并在译文中有所补偿。最后,各节尾句的处理也是一种强化情绪和主题的手段。

西北回响

4. 五哥放羊

正月里，正月正，
正月十五挂上红灯。
红灯（那个）挂在大门外，
单等我五哥他上工来。

六月里，二十三，
五哥放羊在草滩。
身披（那个）蓑衣，手里拿着鞭，
怀洞洞[①]里又揣着（那个）放羊的铲。

九月里，秋风凉，
五哥放羊没有衣裳。
小妹妹我有件小袄袄，
改一改领（那个）口你里边穿[②]上。

十一月，三九天，
五哥放羊真是可怜。
刮风下雪常在外，
日落西（那个）山他才回来。

---

① 怀洞洞：怀里，上衣的胸部里侧。
② 里边穿：不要穿在外面，即有罩衣在外。

劳苦的日子

十二月，整一年，
五哥年底把账算。
算盘一响卷铺盖①，
眼泪汪汪他转回家园。

有朝一日天睁眼②，
我与我（那个）五哥把婚完。

My Shepherd Boy

In the first month of the year,
At the fifteenth night, on the Lantern Festival,
Red lanterns hang over the gate,
And I'm waiting for my shepherd boy.

On the sixth month, the twenty-third day,
My shepherd boy is away on the pasture.
A rain cape on his back, and a whip in his hand,
And on his waist belt he has also a sheep-spade.

In the ninth month, the autumn wind blows cold,
And my shepherd boy wants winter clothes.
Since I have a coat, with a little repair,
I can give it to him for underwear.

---

① 卷铺盖：走人的意思。
② 天睁眼：老天睁眼看世界，意味着命运的公正。

The eleventh month is the coldest,
And my shepherd boy is the poorest.
All day he walks through snowstorms,
And couldn't come back until dark.

The last month reports the end of the year,
And my shepherd boy would have his pay.
The day he gets it and gets his bedroll back,
He comes home with a rueful cry.

Oh, Heaven, would you please take pity on the poor
So that my shepherd boy and I become a couple some day.

【翻译提示】

放羊的"五哥"在翻译中译作"我的放羊小伙子"（my shepherd boy），既保持了人际关系上称呼的亲切感，作为叙事主语又含有职业身份标志和文学牧羊人意象的隐喻性。但是与之相关的生活细节例如"怀洞洞"和"改领口"却不得不变动，以便使外国读者能够接受和理解。另一方面，"天睁眼"这样的期望性陈述，在译文中变成了"老天爷呀"（Oh, Heaven）的呼语，加强了祈求改变命运的语气。同理，"眼泪汪汪"转换成"一声悲惨的哭喊"（a rueful cry），也有异曲同工之妙。

劳苦的日子

5. 揽工调

揽工人儿难,(哎哟)揽工人儿难。
正月里上工十月里满。
受的是牛马苦,吃的是猪狗饭。

掌柜的打烂瓮,(哎哟)两头都有用。
窟窿(哎哟)套(呀)套烟筒,
底子当尿盆,还说是好使用。

伙计打烂瓮,(哎呀)挨头子①受背兴②。
看你做得算(呀)算个甚③!
真是一个(呀)丧(呀)丧门神。

着不得④下雨,(哎呀)着不得刮风。
刮风下雨不得安身。
若要得安身,(呀)等得人睡定。

等得人睡定,(哎呀)半夜二三更。
掌柜⑤在房里连叫几声。
咱家里黑洞洞,(呀)他说是大天明。

---

① 挨头子:挨骂,挨打。
② 受背兴:丢人,背运。
③ 算个甚:算什么,是什么。
④ 着不得:经不得,见不得。
⑤ 掌柜:老板,地主。

人家都起身，（哎呀）你还在家中。
灯草骨头懒断筋！
急忙穿上衣，天还没有明。

打开那后门，（哎呀）安顿①那后人②：
子子孙孙再不要揽工。
既是要揽工，死罪直受尽。

A Farmhand's Story

Life is so hard for a farmhand! And so hard!
I started working in January and finished in October.
I worked as hard as a cow, and was treated like a dog.

When once the landlord broke an urn, he said it was good.
The bottom could serve as a night pot, and the sides, a chimney pot.
And he said it was even more useful in two pieces.

But when a farmhand, say, breaks an urn, it is too bad.
"What do you think you are doing?" The landlord tongue-lashed,
"You are simply a black cat, aren't you?"

---

① 安顿：教育，教训。
② 后人：子孙。

劳苦的日子

Foul weather makes it no better, and even worse.
I could not have a rest when it was rainy or windy.
I could not have a rest until others went to sleep.

When people fell asleep, it was already midnight.
And the landlord began to call for work.
He said it was morning, but it was still night.

"You are still sleeping while others are gone.
You lazy bones! You lazy bones!" He cursed.
And I hurried up, and hurried to work in the dark.

I then opened the back door and told my son:
"You should never be a farmhand like me.
If you do, you are bound to suffer as well."

【翻译提示】

《揽工调》是旧社会的民歌原词，未做任何改变，但翻译时的改变却不可避免。"牛马苦"和"猪狗饭"，只译其一即可，而"丧门神"一类文化词却改为西化的说法，如不吉利的"黑猫"（a black cat），语气也随之"礼貌"起来。类似地，"灯草骨头懒断筋"的说法，也不过译为"懒骨头"（You lazy bones!）而已。须知这是翻译，此外众多的转换，多不得已，不过尔尔。

6. 卖娃娃

民国是十七年[①]整，
遭了一个大的年成[②]。
高粱面刷糊糊（呀么），
三天上喝两顿（呀么哎哎哟）。

可怜是实就可怜，
可怜是没（嘞）有钱。
买了二斗皮荞麦[③]（呀么），
没推下二斤面（呀么哎哎哟）。

逃荒是也不就成，
守家那更（嘞）不成。
思前想后无法办（呀么），
骨肉分离下决心（呀么哎哎哟）。

大的是七八九岁，
二的是五（嘞）六岁。
搁下那个怀抱抱[④]（呀么），
谁要就卖给谁（呀么哎哎哟）。

---

① （民国）十七年：1928年，陕西大旱，死人无数。
② 年成：年景，指自然灾害，尤指旱灾。
③ 皮荞麦：秕（bǐ）荞麦，子粒不饱满；荞麦为陕北一种杂粮。
④ 怀抱抱：抱在怀里的小孩。

劳苦的日子

My Children on Sale

The year is 1928, under the KMT,
And there's a great drought in Shaanxi.
Sorghum flour porridge is what we have,
And we can not afford three meals a day.

How poor we poor people are!
How we need money so much!
I bought two *dou* of buckwheat,
It comes out two *jin* of flour. No more.

Going begging is no way.
Staying in is no good.
I think of it over and over again,
And make up my mind to sell my children.

The elder one is not yet ten.
The younger one is about five.
I lay down another in my arms, saying
Whoever wants one, please take it.

【翻译提示】

《卖娃娃》虽是旧说,在旧社会却并不少见。民歌垫字和音韵的效果姑且不管,这里用了中国民间的计量单位,意在造成一种真实感。不过年代却是公元,再加上国民党(KMT)统治的提示,大约是为了阅读理解的方便。英文自有自己的行文方式和勾连习惯,习惯了就不全是意译,而是一种文学翻译的再创造。其中最重要的,也包含了语言的功能性传达,例如市场上的叫卖语。总之,以地道的语言译地道的语言,出语自然是第一。

7. 卖老婆

叫一声孩他爹,
你听为妻言:
剜苦菜搂棉蓬,^①
咱能苟且^②且^③苟且。

走你妈的屁,
老子要卖你。
老子如果不卖你,
都要死一起!

I'd Sell You Out!

W: My kid's Dad, I tell you,
　　From your wife's angle:
　　With wild herbs and leftover cotton,
　　We can keep on living together.

H: Shit, your sheer nonsense!
　　I'm the boss to sell you out!

---

① 剜苦菜搂棉蓬:挖苦菜,拾棉蓬。
② 苟且:苟且活命。
③ 且:虚词,"得过且过"之"且"。

If you are not sold,

We will die together!

【翻译提示】

  陕北民歌中的原词不仅有主题的重叠，而且有字面的重叠，所以在收集和编辑的过程中都免不了要进行一些加工和整理。《卖老婆》和《卖娃娃》都描写了民国十七年（1928年）陕西大旱灾时出现的普遍现象，所以大部分的重复歌词就可以减去。这样，剩下的《卖老婆》就只有一个夫妻之间的对话了。英文的翻译不仅采取了角色分配的译法，而且力求对话功能的对等处理，例如开头两句翻译，就体现了对话的语气。当然，丈夫的回答，也是一种反应。英译不仅用"sell you out"（卖完，背叛）实现了一箭双雕，而且以"We will die together!"押韵，抢白了妻子"keep on living together"的提议，可谓发人深思。

劳苦的日子

8. 光景迫下走口外

百灵灵（来）雀（来）（咱们）窗窗上（那）叫，
一个人（那）睡觉（我们）好孤（那个）捎①（哟呀）。

上畔畔的葫芦（咱们）下畔畔的瓜，
娶得下（那）婆姨②我（那）守不住（个）家（哟呀）。

有钱（那）的人儿（咱们）不离（那个）家，
无钱的（那）穷汉（我们）胡乱（那个）刮③（哟呀）。

老羊（那的）皮袄（咱们）顶④铺（那个）盖，
光景（那的）迫下（我们）走口（那个）外⑤（哟呀）。

Poverty Forces Me to Go Away for a Living

A lark sparrow twitters at the window,
A man sleeps single and feels lonely.

---

① 孤捎：孤独，孤单。
② 婆姨：媳妇。
③ 刮：跑，流浪（即刮野鬼）。
④ 顶：代替。
⑤ 走口外：离开陕北，一般去宁夏、内蒙古等地。

One bottle gourd hangs high and another bottle gourd grows low,
Even with a wife, I have to leave home alone.

Those haves don't have to leave home, you know,
And we have-nots have to go away for a living.

I have no quilt but only a sheepskin coat to take,
Poverty forces me to go away and I have to go.

【翻译提示】

因为这一首歌整个说的是穷苦人不得不外出谋生，所以"光景"径直译为"贫穷"。中间的歌词借助英文词实词和虚词的 have 和 have-not 以及连接词 and，构成有趣的结构与语义均很简单的句子，而"上畔畔""下畔畔"只是简单地译为"高""低"就够了。另外，重复词语 go 和 go away 的使用，不仅是劳动阶层的口语的习惯性标志，而且可以营造一种忧伤与埋怨的气氛和语调，略近于西方的 blues（忧伤的民歌曲调）。

劳苦的日子

9. 苦命人找不下好伙计

羊羔羔吃奶弹^①（着）蹄蹄，
苦命人找不下好（着）伙计^②。

三块块石头两页页瓦，
改朝换代我单（着）另嫁。

撅断^③这肠子死了这份心，
我不信寻不下个好（着）男人。

An Ill-fated Girl Wants a Mate

A sucking lamb wants a breast.
And an ill-fated girl wants a mate.

Though humble as a stone or a tile,
I must get married when life has a turn.

Even though so far life has failed me,
I don't believe no man wants to marry me.

---

① 弹：踢，轻快地踢。
② 伙计：对象，尤指男人。
③ 撅断：使劲揪断。

【翻译提示】

　　这首歌是从妇女角度讲无配偶的苦处的，但角度不十分明显。比兴关系在译文中基本得以保持。例如第一节译文中的羊羔渴望哺乳和妇女渴望有个男伴儿，隐喻妇女渴望结婚生子。但第二节以砖瓦喻出身卑贱，忽略掉改朝换代另起炉灶的夸张说法，换为生活中的命运有转机，则是对原意的改造性挖掘。唯有第三节以"撅断肠子""死了心"的极端手段来表达对婚姻的渴望，译文淡化为"即便到目前为止命运对我不公"，但我仍然坚信可以找到一个好男人（不会有男人不愿意娶我）。

劳苦的日子

10. 鸡蛋壳壳点灯半炕炕明

鸡蛋壳壳点灯半炕炕明,
烧酒盅盅量米不嫌哥哥穷。

天上的星星数上北斗明,
妹妹心上只有你一人。

你看我美来我看你俊,
咱二人交朋友天注定①。

An Eggshell Makes the Light

An eggshell makes the light
And your cave is dimly lit.
A wine cup measures the millet,
But misery I don't care.

The Dipper is high in the sky,
And it twinkles the brightest.
Of all the young men under heaven,
You are my heart-throb of pleasure.

---

① 交朋友:处对象。

And if you think I'm good,
And I think you're good, too,
We are now a well-engaged couple,
And Heaven's will favours us two.

【翻译提示】

　　尽管采用只抓取最主要的信息传达原意的翻译策略，还是将原来的每节两行增补译为每节四行的容量。因为原文的生活细节不能也不必全部译入英文中去，例如"半炕炕明"，只能译为"窑洞里灯光昏暗"。但是在情绪高潮的时候，例如"妹妹心上只有你一人"的句子里，译文则采用大幅度夸张的手法，将她的心境处理为眼见天上北斗闪烁，想起心上人，心里激动不已的情景。另外，情人之间"美"和"俊"的相互夸赞，却让位于"好"这一更具道德性评价和人际关系价值的词语，方为妥当。

劳苦的日子

11. 响雷打闪妹子不放心

哥哥（你那个）走来妹（个）子瞭①，
眼睛花②不转（哟）泪蛋蛋③抛。

哥哥（你那个）出门天有些阴，
响雷（呀）打闪（呀）妹子不放心。

哥哥（你那个）走起④不给妹子说，
不知道哥哥（哟）往哪落⑤。

My Heart Is Gloomy

Wherever you go, my eyes follow;
I can't help shedding tears for you.

That day, the weather was gloomy,
And my heart was gloomy, too.

---

① 瞭：看，远看，这里指目送。
② 眼睛花：小泪珠，在眼眶里打转转。
③ 泪蛋蛋：眼泪珠子，掉下来。
④ 走起：出门，外出。
⑤ 落：落脚，去处。

Why didn't you tell me where you were going?
And your whereabouts I don't know.

【翻译提示】

　　这首歌的核心"响雷打闪妹子不放心"这样的句子，甚至包括"哥哥出门天有些阴"，都可以在天气和心情的共同的"阴沉"上做文章，用一个英文词"gloomy"来解决上下句的勾连问题。第一联则可以在第一个句子内的两部分之间的逻辑上做文章，得出"无论你走到哪里，我的眼睛就跟到哪里"的妙句——像主题句一样。最后一联的翻译，将直陈转换为疑问，抱怨和思念之情便跃然纸上。还有整个歌词的时间问题，原文似乎比较模糊，似在过去与现在之间，真实与梦幻之间，反觉意永。译文明晰，情绪强烈，反而味短。

第四部分 | PART FOUR
多彩的爱情 | COLOURFUL LOVE

多彩的爱情

1. 蓝花花

青线线（的那个）蓝线线，蓝格莹莹的彩[1]；
生下一个蓝花花，实实（地）爱死个人。

五谷里的（那个）田苗子儿，数上高粱高；
一十三省的女儿（哟），数上（那个）蓝花花好。

正月里（那个）说媒，二月里定，
三月里就交大钱[2]，四月里迎。

三班子（那个）吹来，两班子打[3]，
撇下[4]我的情哥哥，抬进了周家。

蓝花花（那个）下轿来，东望西照，
照见周家的猴老子[5]，好像（那）一座坟。

你要死来，你早早地死，
前晌[6]你死了，后晌[7]我蓝花花走。

---

[1] 蓝格莹莹的彩：蓝得发亮。
[2] 交大钱：交银圆，指定金。
[3] 三班子吹，两班子打：指婚礼上的礼乐，吹吹打打。一班子大约五个人。
[4] 撇下：丢下。
[5] 猴老子：小老子，小儿子。
[6] 前晌：上午。
[7] 后晌：下午。

手提上（那个）羊肉，怀里揣上糕①，
冒上性命我就往哥哥家里跑。

我见到我的（那个）情哥哥有说不完的话（哟）：
咱们俩（个）死活（哟）长在一搭。

Blue Flower

Blue threads, dark and light, look ever the best,
Blue Flower is born to the world so lovely.

Of all crops in the field, sorghum grows the tallest;
Of all girls from the thirteen provinces, Blue Flower is the prettiest.

In the first month she sees a matchmaker, in the second she's engaged.
In the third the down payment given and the next she's taken in.

Three troupes blow the trumpets, and two beat the drum and gong;
She is transported into Zhou's without seeing her true lover.

Now, Blue Flower gets off and looks around—what does she see?
She sees a little old fellow, and retches at his tomb-like home.

---

① 糕：陕北一种常见的食品，用软米蒸成。

"Damn on you, and you must die soon, no more!
You die in the morning, and I will go away in the afternoon!"

Then with mutton in hand and millet cakes under her arm,
She is running away direct to her lover's home!

She finds her lover and has so much to say:
"Dead or alive, together we must always stay."

【翻译提示】

《蓝花花》是陕北民歌的经典,或者说是经典中的经典。它是一个真实的故事,也是永恒的艺术品(详见"前言"有关段落)。译文利用英文的 blue 将汉语的"蓝"和"青"统一(只有深浅的不同而已),并且暗示了不祥的命运。而在"高粱高"和"蓝花花好"之间,找到了英文的最高级作为共同点。关于蓝花花的故事,基本上是直译的方法,但在叙事与人物说话的语言上有明显的翻译的意图和效果。最后,关键地方有处理,例如"迎"(taken in,兼有"上当"义)、"抬"(transported,有"搬运"的讽刺意味),有加词,例如"照见周家的猴老子,好像(那)一座坟",译文增加"呕吐"(retches at)的动作,恰当地表现了蓝花花的厌恶和反感。这样,翻译中最主要的问题便已经解决,其余不足道也。

2. 搭伙计

正月（价）里来正月正，
我就在那你们家里串门门。
奴有那心来哥有意，
（哎格哟哟）咱们二人搭伙计①。

二月（价）里来龙抬头，
三哥哥走了一回西包头②。
二妹妹又梳个剪发头，
（哎格哟哟）买上两瓶生发油。

三月（价）里来各样花儿开，
各样的那花儿开就采回来。
采回来花花就二妹妹戴，
（哎格哟哟）我问哥哥爱不爱。

Falling in Love

In the first month of the Lunar year
I saw you first when I visited your home.

---

① 搭伙计：交朋友，谈恋爱。
② 西包头：包头市，在内蒙古境内呼和浩特市以西，在陕西和山西的西北方向。

And I found my heartbeat matched yours,
And we fell instantly in love with each other.

In the second month of the Lunar year,
You went as far west as to the Baotou City.
And I had my hair cut in a fashionable style,
And you brought me two bottles of hair oil.

Now the third month of the Lunar year has come
When all kinds of flowers are in full bloom,
And you have collected so many flowers for me to wear,
And I ask: "Do I look so lovely with these flowers?"

【翻译提示】

　　这首民歌的叙述和抒情混杂在一起，人物和角色的划分不十分明显。但从第一节的语气来看，以女性作为第一人称比较方便抒情，叙事也能交代清楚。这是翻译的一个思路。其次，是在整个发展过程中，要根据原文所提示的线索，让双方处于积极的互动过程，例如第一节女性和男性几乎是同时一见钟情。第二节让男子去包头并买回来生发油，恰好女子留了剪发头，这样比二人双方去包头效果要好一些，因为更具巧合与戏剧性。最后第三节男子采花给女子戴，女子问他爱不爱，是双关语，也是爱的表白。这里用直接引语，效果会更理想。

3. 掐蒜薹

女：手提上篮篮掐蒜薹，
　　隔墙跳过来小后生①。
　　哥哥从哪里来？

男：我在村里把货卖，
　　就看见二妹子好人才。
　　妹子呀哥哥我看你来。

女：你要来你就早早价来，
　　来的迟了就门不开。
　　哥哥你难进来。

男：大门上锁二门子关，
　　三门子又有九连环②。
　　妹子呀里面又把狗拴。

女：墙头高来狗又歪③，
　　墙头上又把那干根根④栽。
　　我把哥哥引进来。

---

① 小后生：小伙子，即后面的小货郎。
② 九连环：指门上的铁链。
③ 歪：厉害，这里指凶犬。
④ 干根根：泛指荆棘一类防盗的东西。

I Gather Garlic Flower Stalks

W: I am gathering garlic flower stalks in the garden,
   When I see a young man climb over the wall and come in.
   Oh, My! Who are you?

M: I'm a peddler round the village,
   And I've found you are such a nice girl
   That I come to see you.

W: Come earlier as you may,
   Or the gate might be closed,
   And you can't get through.

M: But the outer gate is locked,
   And the inner gate is bolted,
   And there's a watchful dog.

W: Yes, the wall is tall and the dog mean,
   Thorns are set on top of the wall.
   But I'll lead you in, my boy!

【翻译提示】

　　充满情节和情趣的民歌，具有《诗经》国风一般的奥妙。第一节的译文，添加了"Oh, My!"，在表达惊奇或惊喜方面，十分精细。第四节，在门是栓上还是插上、是三道还是两道的细节上，译文显然简化了手续，但层次依然清晰。最后一句是诗眼，在"我把哥哥引进来"之余，英文加上"我的宝贝"（my boy），确是妙语连珠，而又恰到好处。

多彩的爱情

4. 毛眼眼

男：毛忽闪闪的眼睛①（哟哎）软格溜溜的（那个）手（哟），
　　看上了哥哥的人品你就和（哟呼）哥哥走。

女：跟上哥哥走（哪），翻过了几道沟，
　　咱们穷去，咱们富来，还要走自己的路。

合：山背后的那日子（哟呼嗨）没尽头，
　　失去了的再也不回头，不回头。

合：你爱我来我爱你，咱们不丢（那个）手②（哟），
　　背过了（那）旁人转过那脸脸，咱们（哟呼哟）口对口③，
　　背过了（那）旁人转过那脸脸，咱们（哟呼哟）口对口。

Your Bewitching Eyes

M: How wonderful your bewitching eyes and your tender hands!
　　Please follow me if you've taken a fancy to me, my girl.

---

① 毛忽闪闪的眼睛：毛眼眼，睫毛长长的眼睛。
② 不丢手：不撒手，不分离。
③ 口对口：亲嘴，接吻。

W: I'll follow you over valley after valley, my boy;
From poor to rich, we must go our own way.

M & W: Long days behind the hills are still yet to come,
But what slips away can never come back again.

M & W: Hand in hand we walk merrily together in love.
When nobody is around, we will embrace for a good kiss,
And we will embrace for a good kiss.

【翻译提示】

"毛眼眼"即便不作为标题,也很难译得出彩,眼睛连续的放电和一次性的 bewitching 毕竟不同。"软格溜溜的手"的质感也很难用一个 tender 表达到位,即便前面统一加上"How wonderful"也很勉强。"山背后的那日子没尽头"(Long days behind the hills are still yet to come)真是美得没法形容,用"what slips away"翻译"失去了的"也算比较形象生动。"口对口"的隐喻不能够太隐讳或淫秽了,a good kiss 已经足够。

5. 绣荷包

初一到十五,
十五的月儿高;
那春风摆动,
杨呀么杨柳梢。

三月桃花开,
情人捎书来;
捎书书带信信,
要一个荷包袋。

一绣一只船,
船上张着帆;
里面的意思,
你(呀么)你去猜。

二绣鸳鸯鸟,
栖息在河边;
你依依我靠靠,
永远不分开。

哥哥正年青,
妹妹花初开;
收到这荷包袋,
郎你要早回来。

Embroider a Love Pouch

Wait from the 1st to the 15th of the first month
Until the moon grows full and gay,
I feel a gentle breeze coming in spring,
And poplars and willows dance and play.

Peach trees blossom in the third month,
And my dear boy sent me a letter,
Which enclosed a message, saying
That he wants a pouch embroidered.

So I've first embroidered a boat on the pouch,
And put up a sail in smooth wind;
And what it means, I'll not tell,
And what it means you can guess.

Then I'll embroider birds on the pouch,
A pair of love birds in the river.
Wherever one goes, the other follows for sure.
And they never come apart, never!

My boy is just in his prime,
And I'm in my maiden bloom.
Please come back soon, my love,
When you get my love pouch.

多彩的爱情

【翻译提示】

绣荷包是北方农村最常见的一种表达爱情的方式，上面有荷花和鸳鸯戏水，表示爱情的相依相靠，是最自然不过的表示了。这里荷包的翻译还是采用比较明白的"定情袋"的语义，一如鸳鸯的翻译也是直译为"情鸟"一样，只是在绣的动作上直接翻译为刺绣的"绣"。另外，在第一节的自然景色中融入欣喜的情绪，在整个过程的自然的时间推移中加入了等待的焦虑，都很好地铺垫了主题。

6. 捎戒指

女：你与了妹妹捎① 回戒指来（哟嗬），
男：捎回来戒指你在哪搭用它（哟嗬）？
女：捎回来戒指儿妹妹手上戴（哟嗬），
男：十七哟，
女：十八哟，
男：妹妹哟，
女：哥哥哟，
合：（哼哎哼哎丝拉拉哥，）
　　我的那个妹妹（哎哟哟）。

女：你与了妹妹捎回来项链（哟嗬），
男：捎回来项链你在哪搭用它（哟嗬）？
女：捎回来项链儿妹妹脖子戴（哟嗬），
男：十七哟，
女：十八哟，
男：妹妹哟，
女：哥哥哟，
合：（哼哎哼哎丝拉拉哥，）
　　我的那个妹妹（哎哟哟）。

---

① 捎：托人代买或带回来。这里指叫对方买回来。

女：你与了妹妹捎回来香水来（哟嗬），

男：捎回来香水你在哪搭用它（哟嗬）？

女：捎回来香水儿妹妹身上擦（哟嗬），

男：十七哟，

女：十八哟，

男：妹妹哟，

女：哥哥哟，

合：（哼哎哼哎丝拉拉哥，）

我的那个妹妹（哎哟哟）。

Bring Me a Ring

W: Would you please bring me a ring?

M: Bring you a ring? Where to wear?

W: Where to wear? I'll wear it on my ring finger.

M: So nice?

W: So nice!

M: My baby!

W: My boy!

M&W: My dear,

Oh my dear!

W: Would you please bring me a necklace?

M: Bring you a necklace? Where to bear?

W: Where to bear? I'll bear it around my neck.

M: So nice?

W: So nice!

M: My baby!

W: My boy!

M&W: My dear,

　　Oh my dear!

W: Would you please bring me some perfume?

M: Bring you some perfume? Where to apply?

W: Where to apply? I'll apply it on my face.

M: So nice?

W: So nice!

M: My baby!

W: My boy!

M&W: My dear,

　　Oh my dear!

【翻译提示】

　　《捎戒指》的叙事比较简单，但打趣的语言不好翻。"十七、十八"一类话，在年轻人中间意味着年华的"极美"，无论是指人还是指物都可以用问答形式："So nice?" "So nice!"。哥哥和妹妹的称呼也随之变为英文式的"My baby!" "My boy!"，最后合成为"My dear, Oh, my dear!"，同时还包含了男女身份和语言的区分度。戒指戴在手指上，项链戴在脖子上，都行；只有香水擦在身上，有点俗，擦在皮肤上，有点多余，不如擦在脸上。但这只是一种译法，若好笑，也是一种乐趣。

7. 挂红灯

正月里（那个）来是新年，
纸糊的（那个）灯笼笼挂在门前。
风刮（那个）灯笼呼噜噜噜噜噜转，
我和我那个三哥哥过新（哎哟嗬）年。

二月里那个来是春分，
我爱我那三哥哥好后生。
马兰那个开花根连根，
我和我那个三哥哥一条（哎哟嗬）心。

三月里来杏花白，
一对对的蝴蝶把花采。
杏花那个桃花我都不爱，
单[1]爱三哥哥好人（哎哟嗬）才。

（曾巴巴依巴依巴依巴依巴曾）
（嘿）红花花依花依花红，
红花花依花依花依花依花红
（嘿）绿格茵茵。
张生[2]你（呀）你是妹妹小情人（么嗯哎哟）。

---

[1] 单：只，唯一。
[2] 张生：由《西厢记》中张生化出，指情郎。

西北回响

Hang the Red Lantern

The first month welcomes a new year;
And red lanterns are hung over the gate.
Lanterns spin around and around in the wind,
My sweetheart and I enjoy our Spring Festival.

The second month sees the Spring Equinox,
And I express my love to Mr. Sam, the best lad.
Chinese small iris has its roots entwined,
And Mr. Sam and I are always of one heart.

The third month sees apricots in full blossom,
Butterflies come in pairs for honey.
But I love apricot blossoms less,
For I love Mr. Sam more.

(Lalalalalala, lalalalalalala,
 Lalalalalala, lalalalalalala)
Roses red and leaves green,
Mr. Sam is my sweetheart.

多彩的爱情

【翻译提示】

将"三哥哥"译成英文的 Mr. Sam,主要是取一个谐音当名字,同时"萨姆"也是"塞缪尔"的昵称。至于原先歌词中的"张生",那简直就是《西厢记》张生和崔莺莺作为爱情象征的假托了,而且是同指一人,自然不能直译字面。"小情人"的说法,当然也不是民歌中的正统,只好译为"甜心"(sweetheart)。"杏花桃花都不爱,单爱三哥哥好人才"的逻辑,借用了亚里士多德"Love A less, love B more."的句式,既在情理之中,又在意料之外。拟声词的文字游戏和语音游戏,一概译为英语诗歌中常用而现代汉语歌词也常用的"啦啦啦"代之,聊备一格。

8. 三十里铺

提起个家来家有名,
家住在绥德三十里铺村。
四妹妹和了①一个三哥哥,
他是我的知心人。

三哥哥今年一十九,
四妹子今年一十六。
人人说咱二人天配就,
你把妹妹闪②在半路口!

叫一声凤英你莫要哭,
三哥哥走了还回来哩。
有什么话儿你就对我说,
心里不要害急③。

洗了个手来和白面,
三哥哥吃了上前线。
任务定在了定边县,
三年二年不得见面。

---

① 和了:交了,与……相好。
② 闪:闪失,抛闪。
③ 害急:着急。

多彩的爱情

三哥哥当兵坡坡里下,
四妹妹硷畔^①上灰不塌塌^②。
有心拉上两句知心话,
又怕人笑话。

The Thirty Mile Village

My home village is in Suide County.
It is a village thirty miles from the county seat.
By birth, I'm the fourth and he, the third,
And he is the one I really love.

My boyfriend is now nineteen,
And I am a girl of just sixteen.
People say we make a good couple,
But something changes halfway.

"Don't cry, my girl," he said.
"I'll leave and I will sure come back.
Whatever in your mind, just say it;
Never let it go rotten in your heart!"

---

① 硷畔:院墙外的场畔。
② 灰不塌塌:心灰意懒。

So I wash my hands and knead dough.
And I will feed him before he goes.
I know he'll go to Dingbian County.
And for a couple of years I shall not see him.

My boy is going down hill to join the army,
Leaving me listless before the cave dwelling.
I do have more to say to him,
But mind what people would say.

【翻译提示】

《三十里铺》是十分动听的歌子，它基于一个真实而感人的故事（请参看"前言"），而且有不同的版本。"铺"字本身采用两种译法，一是释义，如第一节，一是命名，如标题。这里的"三哥哥"和"四妹妹"，虽然是成对出现，但因为译文将第三人称叙事转为第一人称抒情，于是自己一方被淡化，只剩下一个（排行第三的）"三哥哥"了。与此相关的是第三节的抒情方式，采用了直接引语的方式，仍清晰而亲切。第四节的叙事，只好借第一人称说第三人称的故事了。不过，二人的年龄在第二节倒是直译出来了，因为对于农村姑娘来说，年龄也是重要的叙事内容，而且可以成为抒情本身。最后，第五节，不仅二人的称呼简化到最低限度，而且各自的地点也简化到最低限度，因为它和抒情几乎无关。相反，"害急"这样的口语，则意译为"不要把话搁烂在心里"（Never let it go rotten in your heart!），于是地方色彩大增。

9. 十三省地方挑下你

鹁鸽①（的那个）喝了（哎）泉（哟）子水，
十三省②（的个）地方（哟）
（哎哥的妹子哟）挑（哟）下（的）你。

白格生生的脸脸（哎）花卜梭梭眼③，
小妹妹（那个）人样（哟）
（哎哥的妹子哟）赛（哟）天仙。

长长（的个）剁面④（哎）油（哟）汤汤，
常常里（那个）见面（哟）
（哎哥的妹子哟）常常（哟）想。

头枕（的那个）炕来（哎）一（哟）对对，
盒子枪（那个）打死（哟）
（哎哥的妹子哟）不（哟）后悔。

---

① 鹁鸽：鸽子。
② 十三省：明代全国省份，可特指西北地区，也可泛指全国各地。
③ 花卜梭眼：扑朔迷离的眼睛。
④ 剁面：一种刀切面条。

I've Chosen You from Girls All over the Country

The pigeon drinks from a refreshing spring, my dear,
And I've chosen you from girls all over the country.

With fair face and twinkling eyes, my dear,
Your beauty simply overshadows Daphne, the fair.

Often we cook noodles and more often they taste good, my dear,
And I often see you and more often I think of you.

Once I'd sleep with you in couple and pair,
I'll have no regret in my life even die I dare.

【翻译提示】

民歌的翻译有得有失。损失的主要是其中很有特色的修饰成分，以及译入语无法表达的东西，而得到的则是一般转换之外通过补偿可以表现的东西。例如，综合了一二两节的泉水和天仙的英译，采用了希腊神话中河神的女儿、山林仙女达芙妮的形象，大大加深了爱情主题的传达。民俗层面上在第三联句里损失的油汤，以及与面条的联系，转换为时间和频率上类似的结构关系："Often we cook noodles and more often they taste good, my dear, /And I often see you and more often I think of you."。此类间接的补偿，使面条的"长长"和汉语的"常常"发生类似的联想，但"面条"与"见面"之间的表面联想，则会丢失。还有，外貌与睡觉的描写有细节差异，喝水与挑选需要增加一定的联想，以及"盒子枪打死不后悔"的誓言的抽象化处理等，都是必要的变通方法。一再重复的"哎哥的妹子哟"译为 my dear，虽然不那么原生态，但也差强人意。

多彩的爱情

10. 三哥哥你看美不美

三月里来山桃花儿开,
所有的蜜蜂采蜜来。
你有情来奴有意(哎个哟嚄),
三哥哥你爱不爱?

五月里来五端阳①,
我和三哥哥拜花堂②。
拜罢花堂入洞房③(哎个哟嚄),
咱二人情意长。

六月里来天气热,
我给三哥哥喝糖水。
砂糖冰糖几个样样水(哎个哟嚄),
三哥哥你看美不美?

Don't You Say?

March sees peach trees in full blossom,
And bees fly over flowers for honey.

---

① 五端阳:端阳节,端午节,农历五月初五,纪念诗人屈原投江而死,吃粽子、赛龙舟。南北方略有不同。
② 拜花堂:拜堂,即拜天地,拜父母,夫妻对拜。
③ 入洞房:新婚夫妇进入自己的卧室。

We do fall so deep in love, my honey.
That you love me deep, don't you say?

May celebrates the Dragon Boat Festival.
And you and I celebrate our wedding day.
Then we enter our bridal chamber, my honey,
And enjoy our overjoying love of May.

With June comes the hot season,
And I prepare sugar drinks for you.
Granulated sugar and crystal sugar, my honey,
That you love them both, don't you say?

【翻译提示】

　　本歌词的翻译要点是每一节的第三行末尾都有一个"哎个哟嗨",译文根据整首歌甜蜜的主题和第一节采蜜、第三节喝糖水以及第二节蜜月的暗示,将其译为 my honey,主题和情节上均很和谐,可谓画龙点睛之笔。另外,"三哥哥"的省却和"你看美不美"的变通"don't you say",以及"咱二人情意长"的意译"And enjoy our overjoying love of May",都有助于表达原作的意思和情感。

11. 人人都说咱们俩好

合：人人（呀）都说咱们俩（个）好，
　　阿弥（呀）陀佛只有（那）天知道。
　　人人（呀）都说咱们俩（个）有，
　　自幼儿没有拉过你的手。

男：一对对绵羊一排排走，
　　一样样心思张不开口。
女：心里（呀）想你脸上笑，
　　口里（呀）不说谁知道。

男：巧口口说来毛眼眼照，
　　满口口白牙对着哥哥笑。
女：前两天我叫你你不来，
　　一碗呀羊肉①直放坏。

男：白（格）生生脸脸巧（格）溜溜手，
　　人里头要数你风流②。
女：你看（呀）我来我看你，
　　眼睛仁仁不转想主意。

---

① 羊肉：羊肉是陕北用来招待贵客的食品。
② 风流：好看，漂亮，人好。

合：你看（呀）我看你，
　　心里就把雷响起。①
　　你有情来我有意，
　　死死（呀）活活在一起。

They Say We Make a Good Couple

M&W: They say we make a good couple.
　　　Good heavens! How can they say this?
　　　They say we make a good couple,
　　　But I've never touched your hands.

M: A couple of sheep walk out together.
　　A couple of ideas cry out from the heart.
W: I smile to you for I think of you.
　　If I do not tell who could know?

M: From your speech, from your eyes,
　　From your smile, I know you know.
W: The other day, you didn't come over,
　　And the mutton kept for you went bad.

M: Your face is lovely and hands, deft.
　　You are the best of all girls I know.

---

① 心里就把雷响起：代指爱情的冲动和认同。

W: You look at me and I look at you.
　　Something is happening between us two.

M&W: You look at me and I look at you.
　　　Something really important comes through.
　　　Now that we love each other so much,
　　　Our love will endure all the time through.

【翻译提示】

　　"人人都说咱们俩好",是乡村青年男女谈恋爱的一个最大的借口,同时也是对舆论的一种利用和反抗。所以第一节的"阿弥陀佛只有天知道"就译成"天哪,他们怎么能这么说呢?"第四节和第五节是内心发生变化和认同的过程,英文就用"Something is happening between us two."和"Something really important comes through.",直接翻译爱情的萌发和认可的事实,但仍然比较含蓄,也避免了直译"眼睛仁仁不转想主意"的滑稽和粗俗。另外,在比兴方面,这首歌利用英文 a couple of 既可说羊也可说心思(可数)的特点,实现上下句子表层结构的巧妙勾连,可谓一语双叙,一箭双雕。

12. 把你的白脸脸调过来

干妹子你好来实在是好（么哎嗨哟），
哥哥早就把你看中了（哎哟）看中了。

打碗碗花儿①就地开（么哎嗨哟），
你把你的白脸脸掉过来（哎哟）掉过来。

二道道韭菜②挣把把儿（么哎嗨哟），
我的妹子胜过了（哎哟）胜过了（哎哟）胜过蓝花花。

你不嫌臊我不害羞（么哎嗨哟），
咱们二人手拉手（哎哟）手拉手咱们一搭里③走。

Please Turn Your Pretty Face This Way

You are so very nice and kind
That I've settled on you. Do you mind?

Morning Glory Flower blooms along the way.
Please turn your pretty face this way, this way!

---

① 打碗碗花儿：牵牛花。因形状似碗，俗认为动了这种花儿，吃饭会打破碗，故名。
② 二道道韭菜：韭菜割第二茬。
③ 一搭里：一块儿，一起。

Chives cut second time make the best of the bunch.
You look better, I bet, much better than Blue Flower.

Please don't be so shy, and put your hand in mine.
And hand in hand, we'll go together ahead!

【翻译提示】

　　"干妹子"和"哥哥"的称呼在这里不太重要，重要的是直截了当地表白爱情是否能为对方所接受，因此增加一些客气话似乎是必要的，例如第一节的"Do you mind?"。而在有的时候，借助重复也可以达到加强语气的目的，而不仅仅是为了押韵，例如第二节表示把脸转过来的 this way，可以和 along the way（花儿开在当道）形成呼应关系。最后一节的语气，像整首歌一样，应理解为是男孩子对女孩子的表白和邀请，而不是二人的联合声明，所以动作性和劝告性就成为英文建行立句的主要考虑。

13. 三妹子爱上个拦羊汉

崖畔畔（那个）高（来）崖畔畔低，
崖畔上（那个）拦羊①遇见了你。

羊走（那个）羊路人走畔，
三妹子（那个）爱上拦羊汉②。

羊肚子（那个）手巾包冰糖，
我的（那个）哥哥你好心肠。

马里头（那个）挑马不（呀）一般高，
人里头（那个）挑人你数上哥哥好。

三钵钵③（那个）麻柴④一样样的高，
比来（那个）比去还是（那）哥哥好。

---

① 拦羊：放羊。
② 拦羊汉：放羊娃，牧羊人。
③ 三钵钵：三棵。
④ 麻柴：一种可榨油的植物的秸秆。

多彩的爱情

I Love a Shepherd

Hills high and hills low,
When you tend sheep I meet with you.

Sheep choose their way and I choose you,
And my shepherd boy, I feel that I love you.

Rock candy is wrapped in a towel like sheepskin,
And a shepherd like you has a sweet-heart within.

Horse of horses, and man of men,
And to me you are just such a nice person.

"Love me, love my sheep", you say.
You're my best choice, in my way.

【翻译提示】

　　一般民歌的兴只是纯粹的提起话头或引起兴趣，这里的兴却是暗示环境（如第一、二节）和情节推进（如第三节）。至于最后两节的类比，比较常见，考虑到低层次重复没有必要，所以只是保留了第四节的马的比较，而将最后一节中麻柴的比较删掉，改而化用英文成语"Love me, love my dog."，出现了"爱我就要爱我的羊"（Love me, love my sheep.）的新颖说法，生活气息颇浓，腐朽顿成神奇。而最后一句的改译"你是我最佳的选择"（You're my best choice, in my way.），也符合整首歌的择友主题，可谓压住了阵脚。

西北回响

14. 妹子开门来

叫声妹妹我的好妹妹,
你的哥哥看你来哎呀看你来。

妹子开门来,妹子开门来,
哥哥给你提上一条羊腿腿来。

走你家窑顶瞭你家院,
你家院里有哥哥的牵魂线。

你说哥哥不亲你,
口含冰糖喂过谁。

妹子开门来,妹子开门来,妹子开门来,
哥哥给你提上一条羊腿腿来,
摆好分好杀好并好把你迎,妹妹哎!

Please Open the Door for Me

Oh my sweetheart, oh my sweetheart,
I come here just to see you, and to see you!

多彩的爱情

Please open the door, and open the door for me!
For I've brought a whole leg of a goat to thee.

From the cave dwelling top I look down into your yard,
I feel that it is the dwelling place of my heart.

Don't you say that I don't love you enough?
Don't you mean that I should give you a kiss?

Please open the door and open the door for me!
For I've brought a whole leg of a goat to thee.
And it is well-prepared and well-wrapped,
And it is a gift to you as my cordial invitation,
All for you! My sweetheart! Don't you know?

【翻译提示】

"牵魂线"一类说法,通过模仿可以得到一定程度的复制效果: "I feel that it is the dwelling place of my heart."。第三节的"口含冰糖喂过谁"则是一种委婉语,翻译可以舍掉一些细节,反而清晰可读。至于最后一节的连珠炮似的话语群,旨在造成一种贫嘴和幽默的效果,其仿制只求大意,不必细究。

15. 你妈妈打你不成才

男：你妈妈打你不成才[1]，
　　露水水地里你穿红鞋[2]。

女：穿红（呀）穿绿我情愿，
　　与你们旁人何相（噢嗬）干？

男：骑上（那个）毛驴打上伞，
　　为什么要把红鞋穿？

女：井里的蛤蟆照不见天，
　　你不知道妹妹没有鞋穿。

男：你穿（那个）红鞋崖畔上站，
　　把我们年轻人心扰乱。

女：唱曲曲再不要打哨哨[3]，
　　你的那个心来我知（噢嗬）道。

男：哥哥心上有一个人，
　　你不开口我心里明。

---

[1] 不成才：不争气，没出息。这里指发疯，不守规矩。
[2] 红鞋：鞋是爱情的象征，尤其是女方，尤其是红鞋。
[3] 打哨哨：打口哨，不严肃或不认真的掩饰行为。

多彩的爱情

女：打碗碗花儿就地开，
　　你有什么心事慢慢来。

男：妹妹好比一朵朵花，
　　迷住了哥哥我回不了家。

女：你看下我（来）我看下你，
　　咱们二人相好（噢嚃哩）。

合：年轻人看见年轻人好，
　　长胡子的老汉球势①（噢嚃）了。

Your Mother Beats You Because You're Crazy

M: Your mother beats you because you're crazy.
　　You wear red shoes and stand in dew.

W: Red shoes or green shoes I like to wear,
　　And it's none of your boy's business or affair.

M: You seem to hold an umbrella over the donkey,
　　And why in red shoes, since other shoes are also OK?

---

① 球势：粗话，义为没精神，没戏，没几天耍。

W: You see no bigger sky from inside the well, like a toad.
   I have no other shoes to wear. Do you care?

M: You stand leisurely before the cave dwelling in shoes red,
   Simply to attract and fascinate me instead.

W: When you sing, you stop whistling, do you?
   And what's in your mind, I sure know.

M: I do have someone in my mind,
   And you don't say it and I do know.

W: You know, Morning Glory Flower has her day,
   And why not take your time and wait?

M: You're a Morning Glory Flower in bloom,
   I'm so fascinated that I can't go back home.

W: If you think we suit each other,
   We shall be a well-matched couple.

M & W: Like knows like. Youth loves youth.
   And long-beard old man's days are waning!

【翻译提示】

　　这首歌充满了恋爱的智慧和诙谐的情调,双方经过反复打趣和试探,一直到了可以认同的时候才达到理解和共识。为了增加直接的联想和情趣,译文把"打碗碗花儿就地开"处理成"有盛开的时候",这样便和下一句的意思吻合了。而且把对方也说成是"盛开的打碗碗花",这样就上下紧密衔接了。最后一句将说老汉的粗俗语处理成"日子不多",也与这一伏笔相吻合。可谓一箭三雕。此外,成语的仿造也是一种翻译的方法:"Like knows like. Youth loves youth."。

西北回响

16. 妹妹永远是哥哥的人

送情郎,送在大门外,
妹妹我,妹妹我解下一个荷包来,
送给情郎哥哥戴。

我身上解下,你身上戴。
哥哥你想起妹妹看上一眼荷包来,
妹妹就在你的心怀。

送情郎,送在五里桥,
手扳①栏杆往下照。
风吹水流影影摇,
咱们二人心一条,心一条。

送情郎,送在柳树墩,
折把柳枝送亲人②。
你拿钢枪我劳动,
妹妹永远是哥哥的人,哥哥的人,
　　哥哥的人,哥哥的人,
　　妹妹我永远是哥哥的人。

---

① 扳:用手由外向里用力为"扳",这里指扶栏。
② 折把柳枝送亲人:折柳送别,是古老的风俗,起源于《诗经》,李白《忆秦娥》有"年年柳色,灞陵伤别"句。

多彩的爱情

Forever I'm Your Good Girl

I'm seeing you off to the Gate,
And I, I untie a pouch,
And give it to you, my dear.

With my body-warmth it goes to you,
Please keep it in your heart, my dear,
And look at it whenever you miss me.

I'm seeing you off to the Bridge.
Leaning on the railing, we look down;
A gentle breeze breaks our reflections below,
And we two merge into one figure, my dear.

I'm seeing you off to the Willow,
And I break a twig and give it to you, my dear.
You'll be a good soldier and I, a good farmer,
And forever I'm your good girl,
    Your good girl, your good girl, my dear,
    And forever I'm your good girl.

【翻译提示】

　　与说"谁是谁的人"相比,解下一个荷包给你戴,是一个更为复杂的情节。因此译文处理成解下一个荷包,给你,带着我的体温,请把它放在心上。这样比原作要更明晰更强烈些,也好理解些。第二节"咱们二人心一条"的说法,在河水的倒影里处理成二人的影子融为一体,不离实境。另外,歌中三个相送的地方,都幻化为和大门一样的桥和柳树,用大写表示特定意义,多了一点神秘内涵,少了一点具体性,对于文学翻译来说,反而更好。

多彩的爱情

17. 老祖先留下个人爱人

六月的日头腊月的风,
老祖先留下个人爱人①。

三月的桃花满山山开,
世上的男人就爱女人。

天上的星星配对对,
人人都有那干妹妹②。

骑上那骆驼峰头头高,
人里头要数咱二人好。

Why Must a Man Love a Woman?

Sunny days in June and windy days in December,
A man comes to love a woman by human nature.

March sees all peach trees in full blossom;
It's a season that man comes to woman for love.

---

① 人爱人:恋爱,相爱。
② 干妹妹:非亲缘血缘的女性同辈亲戚,这里指女朋友。

Overhead the stars in the sky appear in good pairs,
And man and woman must have their love affairs.

How high the humps are once you ride on the camel;
And look, around this world, we make a good couple.

【翻译提示】

　　这是一首少见的有形而上学终极追问的爱情歌曲。究竟老祖宗为什么会留下来一个人爱人的传统,就如同《红楼梦》上"开辟鸿蒙,谁为情种?"的发问,标题改译为"为什么男人要爱女人"(Why Must a Man Loves a Woman?),并且在后面的歌词中予以回答:"男人爱女人出于人的天性。"(A man comes to love a woman by human nature.)另一方面,不仅各节内容自己有含义,而且连贯起来的歌词必须有整体的意义,而且这意义必须是能进展的而不是停在一个平面上。所以第一节暗示人爱人是一个自然的过程,如同刮风出日头一样自然。第二节用花开隐喻恋爱的季节,第三节用星宿成对象征人类结成伴侣,第四节则用骑骆驼比喻爱情的胜利。这样一首歌词就有了连贯的思想和突出的主题。如果只在"老祖先"和"干妹妹"的字面上兜圈子,整个篇章就会迷失。

多彩的爱情

18. 一对对鸳鸯水上漂

甲：一对对（那个）鸳鸯水（那）上漂，
　　人家（那个）都说咱们俩（个）好。

　　你要是有那心思咱就慢慢交，
　　你没有那心思（呀就呀么）就拉倒。

乙：你说（那个）拉倒（咱）就（那）拉倒，
　　世上的（那个）好人（就）有（那）多少。

　　谁要是有（那）良心①咱一辈辈好，
　　谁没有（那）良心叫鸦鹊鹊掏。

甲：你对我（那个）好（来）我（那）知道，
　　就像（那个）老羊疼（那）羊羔。

　　墙头上跑（那）马还嫌低，
　　我忘了我的娘老子我忘不了你。

乙：想你（那个）想成个泪人人，
　　抽签（那个）算卦我还问（那）神神。

---

① 良心：此处指爱心。

合：山（那）在水（那）在呀人常在，
　　咱二人甚时候①把天地拜。

Lovebirds Swim Merrily in Pairs

A: Lovebirds swim merrily in pairs;
　 Lovers, they say, we are a good pair.

　 If you mean it, we'll get well on the way;
　 If you don't, then, just forget about it.

B: Forget about it, you said, then, why not?
　 So many I see are so good for love, though.

　 If you mean to love me, then, we are a pair;
　 If you don't, your heart is stolen away.

A: You love me and I love you, then,
　 As the mother goat loves her lamb.

　 Love for the lamb, love for the mother;
　 I love thee more than love my mother.

---

① 甚时候：什么时候。

多彩的爱情

  B: I love thee so much that I bathe in tears,
    And for love I cast lots and pray to gods.

  A & B: The world's there, people are around,
     And when shall we two hold our wedding?

【翻译提示】

  当"西漂一族"歌手苍郎带着爵士布鲁斯风味演唱这首陕北民歌时,其间的人物对话因素想必是容易感知和区分的,但在纯粹的歌词文本中则不容易区分。于是,英文增加了人物区分的符号使其成为对歌体,而原歌词仍然按照典型的两行一节的信天游形式表现——实际上,已经是两个小节一次对唱的切换了。英文的翻译不仅借助 love 一词突出鸳鸯和情人的勾连,而且突出对话的流畅性和节奏感:略去那些不相干的因素,例如"墙头上跑(那)马还嫌低";加强相干因素的主题关联,例如"山(那)在水(那)在呀人常在";保留环境性比兴因素,例如"就像(那个)老羊疼(那)羊羔";转换那些必须转换的关键词语,例如"心思""良心""好""交"。这就使得整首歌词围绕主题,既有意义,又便于吟唱。

第五部分 | PART FIVE
思念的痛苦 | HOW I MISS YOU

思念的痛苦

1. 这么好的妹子见不上面

这么长的（个）辫子（哎）探①（呀么）探不上（个）天。
这么好的（个）妹妹（呀哎）见（呀么）见不上（个）面。

这么大的（个）锅（来）下不下两颗颗米，
这么旺的（个）火（来呀哎）烧（呀么）烧不热（个）你。

三疙瘩瘩②的石头（哎）两（呀么）两疙瘩瘩砖，
什么人（呀么）让我（哎）心（呀么）心烦乱？

So Nice a Girl I Can't See

So long a pigtail but it can't touch the sky;
So nice a girl, like you, but I can't see.

So large a pot but it can't cook much millet;
So big a fire but it can't warm up your heart.

Are you simply a stone or a brick, so cold,
But still you make me so much distracted?

---

① 探：够，接近，抵达。
② 疙瘩瘩：疙瘩，块。

【翻译提示】

民歌有一种逻辑，类似于神话思维中的类比推理，表面看来两个无关的现象，给强行拉到一起，用相似的句法加以对比，因此显得有道理。再长的辫子如何能上天，再小的锅为何不能下米，并没有什么道理。翻译要让它有道理，只能在姑娘身上打主意，说我见不上你，说烧不暖你的心。尤其在最后，要让砖石的冰冷无知觉，比喻姑娘的冷漠无情，于是成功地反衬小伙子的爱的炽烈。否则，简单地把砖石和姑娘摆在一起，终究不能产生意义。

思念的痛苦

2. 你哭成泪人人怎叫哥哥走

绿格铮铮① 麻油炒鸡蛋,
这么好的朋友鬼搅散②。

河湾里石头打不起个坝,
手拿上相片片③拉不上个话。

一把把拉住妹妹的手,
你哭成个泪人人怎叫哥哥走。

How Can I Go as You Shed Floods of Tears?

You've cooked eggs in sesame oil so clear—for me.
But such a good partnership is ruined. Devil did it!

A stone, however big, is not enough for building a dam,
A photo of you in hand is not equal to staying with you in person.

I grasp tight your tender hands, in despair, and cry:
"How can I leave you, shedding floods of tears? How can I go?"

---

① 绿格铮铮:形容麻油清澈透亮。
② 鬼搅散:不知是谁破坏、拆散的。
③ 相片片:照片。

【翻译提示】

　　民歌是有生命的艺术。场面的想象与设计是理解和翻译民歌的灵魂。"炒鸡蛋"和"鬼搅散"究竟有什么联系？如果不知道这是女方招待男方的最后一顿美餐，是一顿散伙饭，如果只是为了押韵，那就没有意义了。同理，"河湾里石头打不起个坝"，其实暗示了男子对自己身单力薄、无力回天的感慨，与"手拿上相片片拉不上个话"的尴尬场面相表里。于是才有了"一把把拉住妹妹的手"的冲动，和"你哭成个泪人人怎叫哥哥走"的绝望和劝慰。这真是生离死别的爱情啊！在男子一方的叙述背后，一位贤惠、体贴又不忍心让对方忘记她的姑娘的形象，不用呼唤也就跃然眼前了。这正是男方所感受到的一切真实感情的人格基础啊！理解了这些哭天喊地一般的爱情表白，就明白了英文翻译的处理手法。例如，将"朋友"处理成 partnership（伴侣），将"拉话话"处理成 staying with you（长相守），尤其是最后一个句子作为直接引语所具有的出其不意的震撼力量（还有 floods of tears 对前次 dam 的呼应关系）。所有这一切都是为了一个共同的目标，那就是营造一种爱情毁灭的气氛，讴歌一段感人至深的情爱。

3. 想亲亲

女：山丹丹开花六瓣瓣红,
　　哥哥你人好又年轻。

男：满天天的星星一颗颗明,
　　满村里挑准我妹妹你一人。

女：山坡坡（的）长得十样样①（的）草,
　　十样样看见哥哥你九样样②（的）好。

男：前半夜我想你吹不熄个灯,
　　后半夜想你就翻不了个身。

女：三天（呀）不见哥哥的面,
　　口含上砂糖也不甜。

男：头一回（那个）我来你不在,
　　你在（那个）地里挖苦菜③（哟）亲亲。

女：三天（呀）不见哥哥的面,
　　拿起（呀）针来穿不上个线。

---

① 十样样：十种，各种各样。
② 九样样：九个方面。此句谓哥哥虽非十全十美，也是十有八九的好。
③ 苦菜：陕北一种野菜，味苦。

男：二一回①（那个）我来你不在，
　　你妈妈就打我两锅盖（哟）亲亲。

合：想你想你实想（哟）你，
　　想你想你没法比②。

　　有朝一日成了家，
　　咱们俩（个）死活在一起。

I Miss You, My Dear

W: The Morningstar Lily is red in six petals,

　　And my dear one is both nice and young.

M: Every star twinkles in the night sky,

　　And I choose you alone as my girlfriend.

W: Ten kinds of grasses grow on the hillside,

　　And nine out of ten shows you're the nicest guy.

M: I couldn't put out the light before sleep when I miss you;

　　I couldn't turn over in bed in sleep when I miss you.

---

① 二一回：第二回，第二次。
② 没法比：无比。

思念的痛苦

W: I couldn't taste the sweetness of sugar,
　　During the three days I didn't see you.

M: The first time I came, you were not in,
　　You were out collecting wild herbs.

W: I couldn't put thread through the eye of a needle,
　　When for another three days I couldn't see you.

M: The second time I came, you were not in,
　　And your mother hit me with a pan-cover.

M & W: I miss you and I do miss you;
　　I miss you more than anyone else.

　　Once we get married, you know,
　　We will live and die together.

【翻译提示】

　　想亲亲的要点是思念，这首歌到第四节才讲到思念。前半夜和后半夜并不重要，睡前吹不熄灯，梦中翻不了身，才合理和有意义。其后的女子反复说思念之苦，而男子反复说追求之难，男子口中的"亲亲"，既是感叹也可能有实意，或者说是从实意转化为感叹，作为虚词没有翻译，也不为太过吧。

4. 叫一声哥哥你快回来

上河里的鸭子下河里的鹅,
一对对毛眼眼照①哥哥。

煮了(那个)钱钱②(哟)下了(那个)米,
大路上搂柴③瞭一瞭你。

清水水④的玻璃隔着窗子照,
满口口白牙牙对着哥哥笑。

双扇扇的门(来哟)单扇扇地开,
叫一声哥哥(哟)你快回来。

(啊——,啊——)
双扇扇的门(来哟)单扇扇地开,
叫一声哥哥(哟)你快回来。
你快回来,你快回来,
你快回来(嗯——)。

---

① 照:寻找着看。
② 钱钱:黑豆泡软碾扁下锅煮成粥吃。
③ 搂柴:抱柴火。
④ 清水水:干净透亮如清水。

思念的痛苦

I Call My Good Boy Back Home

Ducks and geese swim in the river in couples,
And my dark eyes wander for my good boy.

Millet gruel is being cooked with black soya beans,
And I rake up firewood outside—to see if you are coming.

From behind the crystal window glass,
My broad smiling face flourishes for you.

Leaning on the gate which is half-open for you,
I call you, my good boy, back home soon.

(Oh—, oh—)
Leaning on the gate which is half-open for you,
I call you, my good boy, back home,
Back home, back home,
Back home,
Oh … soon!

【翻译提示】

　　陕北作家路遥的成名作《人生》，改编成电影时，穿插了这首著名的民歌。第二节的叙事结构体现为上下句的流水对，直接描写两个前后相继的动作，这在陕北民歌中并不多见。英文采用破折号的方式突出想见对方的心情，同时解释了大路上搂柴的真实理由。第三节的处理具有水彩画一样的印象式效果，但角度和原歌词保持同一。第四节的"倚门眺望，门为你开"的翻译处理，再一次使用"为了你"的伎俩，目的明确而姿态羞涩的表现，与"双扇扇的门单扇扇地开"的含蓄和羞涩中的大胆，如出一辙。这种处理，和第一节的"黑眼睛"代替"毛眼眼"的说法，略有不同。不过"黑眼睛姑娘"在英文中也有可爱的意思，何况这里也可以提醒西方读者，这是典型的中国姑娘的想亲亲。

思念的痛苦

5. 一疙瘩冰糖化成水

听见哥哥唱连声哎,
妹妹喀嚓嚓的打了一个颤[①]哎。

听见哥哥唱着来,
妹妹心中好比梅花[②]开。

羊肚肚手巾脖子上围,[③]
不是我的哥哥他是谁?

远远看见哥哥你,
恨不得插上翅膀飞。

哥哥呀,一疙瘩冰糖化成水,
咱们二人相好一对对。

---

① 打颤:本指害怕而全身发抖,这里指激动或意外的惊喜。
② 梅花:有爱情的象征意味。
③ 羊肚肚手巾脖子上围:把毛巾围在脖子上而不是戴在头上,是年轻人的打扮方式。

A Rock Candy Melts in My Mouth

I've heard my dear one singing along,
And a throb of delight beats in my heart.

I've heard my dear one coming along,
And I feel that I'm beaming with pleasure.

A towel round his neck, you see,
Who could it be but him, my dear?

I've recognized him from a distance,
And how I wish I could fly to him!

A rock candy melts in my mouth;
My sweetheart, what love we enjoy!

【翻译提示】

　　这首歌的抒情对象自然是姑娘的男朋友。原文从第一、二、三节的"哥哥",到第四节的"哥哥你",再到第五节的"哥哥"和"咱们二人",有一个从远到近的过程,实际上不仅是物理空间的接近,更是心理空间的接近。译文一直用第三人称叙事,第三节和第四节加入 my dear 和 to you,使身份认同和抒情因素逐渐结合,直到最后一句才用了呼语"my sweetheart"和第一人称复数,表示完全的融合为一。"梅花开"具有象征意味,但译文采用变通译法,表达"欢乐四射"的喜悦,或曰"心花怒放"(I'm beaming with pleasure),以便加强第一句的印象效果,因此舍去了梅花意象。

思念的痛苦

6. 冻冰

正月里冻冰（哟）一春消，
二月里鱼儿水（哟）上漂①，
水（哟）上漂（哎），想哥哥——
想起我的哥哥，想起我的哥哥，想起我的哥哥，
等一等我，等一等我。

五月（哟）里（来）麦（哟）梢黄②，
六月里鲜桃你（哟）先尝，
你（哟）先尝（哎），想哥哥——，
想起我的哥哥，想起我的哥哥，想起我的哥哥，
等一等我，等一等我。

九月里荞麦满（哟）山黄，
十月里家家换（哟）衣裳③，
换（哟）衣裳（哎），想哥哥——，
想起我的哥哥，想起我的哥哥，想起我的哥哥，
等一等我，等一等我。

---

① 水上漂：水中游。
② 麦梢黄：麦穗黄，麦子熟了。
③ 换衣裳：换季。

西北回响

Ice Melting

Ice melts in the first month of spring;
Fish in the second month swim freely,
Oh, swim freely. And I think of you, think of you, my dear,
And please wait for me, my dear,
Wait for me.

In the fifth month wheat fields turn yellow;
In the sixth month peach is good for you,
Good for you, and I think of you, think of you, my dear,
And please wait for me, my dear,
Wait for me.

The ninth month sees buckwheat ripening on hillsides;
And the tenth month is the time for putting on winter clothes,
Oh, for winter clothes. And I think of you, think of you, my dear,
And please wait for me, my dear,
Wait for me.

思念的痛苦

【翻译提示】

虽然一般说来,标题的改变比较慎重,但这里的"冻冰"译为"冰消"更为合理和切题。正文每一节的时间是构成意义推进的内在线索,也是句子之间勾连的有形痕迹,译文的时间坚持放在句中同一位置上,即有此意。其次,第一节的春心萌动,第二节和第三节由吃和穿上的关心表现思念之情,都构成内在的感情线索。相比之下,其余部分不过是以重复达到强调的目的罢了。

7. 泪蛋蛋抛在沙蒿蒿林

羊（啦）肚肚手巾（哟）三道道蓝，
咱们见个面面容易（哎呀）拉话话^①难。

一个在那山上（哟）一个在那沟，
咱们拉不上个话话儿（哎呀）就招一招手。

瞭（啦）见那村村（哟）瞭不见那人，
我泪（格）蛋蛋^②抛在（哎呀）沙蒿蒿^③林，
我泪（格）蛋蛋抛在（哎呀）沙蒿蒿林。

My Teardrops Drip into the Sand Bush

A lambskin-like towel has three stripes all blue,
It's no easier job to talk with you than to see you.

You're high on the hilltop and I, down in the dale,
We can't talk but wave our hands to each other.

---

① 拉话话：说话，说悄悄话，谈恋爱。
② 泪蛋蛋：眼泪珠子。
③ 沙蒿蒿：陕北一种常年生草本植物。

思念的痛苦

Now I see your village but not your image,
And my teardrops drip into the sand bush.
And my teardrops drip into the sand bush.

【翻译提示】
　　这是一首极为流行的陕北民歌，因为它简单易懂易学而且易于模仿和演唱。第一节是总体说明，英文采用一个并不比另一个更容易多少的逻辑，似乎更好。第二节的"一个，一个"结构，英文处理成"你"（you）和"我"（I），更加亲切。最后的"人"，英文用 image 和 village 相对，又暗示了人物在视线中求之不得的遗憾，符合第三节独自哭泣的结局。

8. 想你哩

哎,想你哩,想你哩,
啊,想你哩,想你哩。
口唇皮皮想你哩,
实实对人难讲哎,
三哥哥,想你哩,
想你哩,想你哩,

想你哩,想你哩,
头发梢梢想你哩,
红头绳绳难挣哩,
三哥哥,想你哩,
想你哩,想你哩,

想你哩,想你哩,
眼睛仁仁想你哩,
看见人家当成你,
三哥哥,想你哩,
想你哩,想你哩,

想你哩,想你哩,
舌头尖尖想你哩,
酸甜苦辣难尝哎,

思念的痛苦

三哥哥,想你哩,
想你哩,想你哩,

想你想你哎实想你哎,
错把人家当成你。
错把人家当成你。
想你想你哎我见不上面,
兜叉叉①装上你相片片。
心里呀就像猫爪爪挖哎,
不知你出了什么麻达②。

想你想你心发乱,
煮饺子下了一锅山药蛋③,
煮了一锅山药蛋。
想你想你我寻脚印,
人家都骂我丢了人。
天天想你满街上跑哎,
可叫那老板把我骂灰④了。

哎,想你哩,想你哩,
想你哩,想你哩,
口唇皮皮想你哩,

---

① 兜叉叉:衣服口袋,斜插口。
② 麻达:情况,意外。
③ 山药蛋:也可指小土豆。
④ 灰:惨。

头发梢梢想你哩,
眼睛仁仁想你哩,
舌头尖尖想你哩,
哎,想你哩!

I Miss You

How I miss you, I miss you,
And how badly I miss you!
I miss you with my two lips,
I miss you and I can't tell.
Oh, my dear boy, I miss you,
I miss you, and I miss you!

I miss you with my hair tips,
And the red hair string won't do.
Oh my dear boy, I miss you,
I miss you, and I miss you!

I miss you with my eyeballs,
And I mistake another for you.
Oh my dear, I miss you,
I miss you, and I miss you!

I miss you with the tip of my tongue,
And I can't taste any food.

思念的痛苦

Oh my dear, I miss you,
I miss you, and I miss you!

How much I miss you!
And so much I miss you
That I take another for you;
That I take another for you!
Yet I still can't see you!
And I keep your photo in my pocket,
And there seems to be a cat pawing at my heart,
Warning me that you're in trouble.

And how much I miss you!
I'm just not myself when I miss you!
I poured all the potatoes into the pot
When I should have cooked dumplings for a meal.
And I made potatoes a damn meal!

How I miss you and badly I miss you
That I went to follow your footprints!
People say that I am a fool, a damn fool.
That day I simply missed you so much
That I searched every street through
Until the boss cursed and called me back.

Oh, how I miss you, do you know?
How I miss you
With my two lips,
With my hair tips,
With my eyeballs,
With the tip of my tongue,
And I miss you!

【翻译提示】

　　爱情是一种精神活动，但在民歌中也会动用一些身体因素和感觉器官，来加强和表现爱的强烈程度。这首歌词的前半部分动用了口眼舌发等有可能身体接触和目光接触的部分，极力表现爱之热烈与思之迫切。翻译采用短语音、快节奏的细节处理办法（例如 I miss you with my two lips / hair tips / my eyeballs / tip of my tongue），效果很好。后半部分节奏变缓，心理描写和外部动作结合起来，游荡和追寻并举，错误和幻觉齐出，活脱脱地描述出人想人的痛苦，感人至深，催人泪下。翻译的节奏也随之放慢，开口元音和摩擦音增多（photo、foot、fool、footprint、heart、trouble、pocket 等），构成一个个深呼吸一样的艺术效果。译文中整首歌的结构略有调整。最后一节再回到原先的节奏上，首尾照应，然后戛然而止。

思念的痛苦

9. 想哥哥

哥哥走（来）妹妹照，
眼泪儿滴在大门道。

芦花公鸡飞过墙，
把我的哥哥照过墚①。

山又高（来）路又长，
照不见哥哥照山墚。

日落西山羊上圈，
干妹妹还在硷畔上站。

前沟里糜子后山（里）谷，
哪搭儿想起哪搭儿哭。

想你想你真想你，
三天没吃半碗米。

半碗黑豆半碗米，
端起碗来想起你。

---

① 照过墚：用目光跟过山墚。

西北回响

三天没见哥哥面,
大路上行人都问遍。

三天没见哥哥面,
硷畔上画着你眉眼①。

风尘②不动树梢梢摆,
梦也梦不着你回来。

说下的日子你不来,
硷畔上跑烂我十样鞋。

百灵子③过河沉不了底,
三年两年忘不了你。

有朝一日见了哥哥面,
知心的话儿要拉遍。

---

① 眉眼：面容，相貌。
② 风尘：风儿。
③ 百灵子：百灵鸟。

思念的痛苦

How I Miss You

You are gone, and I miss you,
And my tears are shed on the gateway.

Seeing a cock flying over the wall,
I follow it and climb over a mountain ridge to see you.

Still I can't see you;
I see only the hills around.

The sun is setting and cattle returning home,
And I still stand on the platform before the cave dwelling.

I simply weep wherever I think of you
—In a field, on the hill, or in the dale.

How I miss you and so often think of you,
And for three days I've not had a good meal.

When I hold my bowl of millet and beans,
Teardrops keep dripping and I can't eat anything.

For three days you were out of my sight,
And I asked everyone who passed by.

Another three days I haven't seen you,
And I draw a picture of you on the hillside.

Treetops wave when there's no wind.
And I dream of you returning, but you do not.

And I've had ten pairs of shoes worn out,
Expecting you are back as you promised.

A lark sparrow is flying over the river;
And I'll keep thinking of you forever.

Someday when you come back home,
I will pour out my passion to you.

【翻译提示】

民歌的翻译要求一定的节略或简略，不能太烦琐。简略意味着把经常重复的东西省掉。例如，"硷畔"一词经常在陕北民歌中出现，这一首歌中就出现过三次。非绝对有必要，一般不机械对应去寻找这种难以描述的地方词，当然，也不宜频繁地添加注释。因此，这里的"硷畔"，一个译为"窑洞前面的台子"，一个译为"山坡"，最后一个就省略掉了。另外，句子不能容纳的细节，也可以考虑省略，例如第四节的"糜子"和"谷"就可以省去，只突出山沟和山坡的地点变化即可。还有倒数第二节的"沉不了底"和"三年两年"等，也不必如数译出来。最后，"知心的话儿要拉遍"，运用强化法译为"I will pour out my passion to you."（我要向你倾诉我的爱情）。

思念的痛苦

10. 小寡妇上坟

人家个成双咱成(啊)单,
好像孤雁落沙滩。
一对枕头两条毡,
一个人睡觉实在难。

你要个攒①来尽你(啊)攒,
我要攒来也要(啊啨)攒。
今天攒来明天攒,
攒上二百钱街上串。

手拿个铜钱街上(啊)串,
扯上二尺红洋缎。
我说缝上个兜肚穿,
你说缝上个满腰转②。

一头绣的洞宾戏牡丹③,
一头绣的吕布戏貂蝉④。

---

① 攒:攒钱,积攒。
② 满腰转:腰带。
③ 洞宾戏牡丹:吕洞宾为八仙之一,牡丹象征女性。
④ 吕布戏貂蝉:故事见《三国演义》。这里是民间说法,表示夫妻鱼水之乐,幸福美满。

西北回响

我说挂在奶上看,
你说到金盆湾夸手段。

丈夫走了金盆湾,
我在家中把门闩。
我说你出门享荣华,
谁知你得病在炕上。

人家出门受荣华,
丈夫得病在炕上。
我说你得病总有强,
谁知你得病一命亡。

青天红天老蓝天,
杀人的老天不睁眼。①
杀了旁人我不管,
杀了小丈夫实可怜。

A Young Widow Crying over Her Husband's Grave

See the happy and merry couples one by one,
But I am here alone, like a solitary wild goose.
Our pillows and felt rugs are there still in pairs,
But without you, my husband, I simply can't sleep.

---

① 此句是对老天的抗议,说明天命多变,杀人无情、无端。

思念的痛苦

Remember, you worked hard to save some,
And I, too, tried to save as much as I could.
Every day we worked hard and lived simple
Until the other day we had 200 copper coins.

And so we got to the street, shopping around,
And we bought two lengths of red silk, aha!
"I can make a bib with this silk, shall I?"
"I want a belt around my waist, ok?"

I embroidered Eros playing with a peony,
And also Cupid flirting with a beauty, for a change.
Then I would like to wear my bib over my breasts,
But you go to the Gold Basin Bay to show off.

So you went to the Gold Basin Bay, with your belt,
And I bolted the door and stayed at home.
I thought you must have enjoyed yourself,
But you came back very sick and lied down.

Oh, who had expected that a journey could be so miserable?
And a man so strong are now lying in deathbed!
And I thought someday you could for sure recover,
But your life was so fragile that you died. Woe!

The blue sky, the purple sky, and you foul sky,
You are a blind murderer, and a killer of my love!
Who else you kill I do not care, but I do care
That you took away my man and you must repay!

【翻译提示】

民歌的翻译要讲究民歌的韵味，对于一个叙述性较强的民歌来说，就要注意保持甚或发挥她的哭诉的长处，于是标题就不用"上坟"，而是"哭坟"了。首先，看起来是单个互不相连的句子，在叙事的统一格局里要有意义，至少一段歌词要处理成有一个相对完整的场面和意义。另外一个是戏剧化处理，例如，购买缎子以后的两个句子，处理成直接引语，就生动传神多了。典故的翻译换用了西方神话中的爱神 Eros 和 Cupid，以及相对的中国文化意象 a peony 和中性的 a beauty，并不追求精确的文化解释，想必对于西方读者已经足够。最后，就是最后一节对老天的哭诉和控诉，译文在原来的基础上增大了力度，以至于到了要索回和复仇的边缘。另外，还要注意避免无谓的低水平的重复，例如死亡和杀死，不能只用一个词，而是注意在变换中加强表现力和艺术性。

思念的痛苦

11. 听见哥哥唱着来

我老远听见马蹄子响，
扫炕铺毡换衣裳。

听见哥哥脚步响，
一舌头舔烂两块窗。①

听见哥哥出气声，
一扑二坎②我跑出门。

跑到跟前不是个你，
又害③上可笑又害气。

Hearing the Voice of My Dear Boy

Hearing the hoofbeats approcaching from the distance,
I hurry up clearing the *kang* and change my clothes.

Hearing your footsteps coming closer and closer,
I hole twice the window-paper to look out.

---

① 此句谓焦急地舔破窗纸朝外张望。
② 一扑二坎：疯狂地奔跑，脚下不稳地往前扑。
③ 害：陕北方言，做动词用，表示不乐意的行为，如害病、害气。

Hearing your breathing,
I bump out of the room.

I run into a man, but not you. Dear me!
To laugh or to love, but who?

【翻译提示】

　　虽然民间恋爱的人儿常以哥妹相称,但从翻译的角度来看,只可以做少量的有条件的渗透。所以,这首民歌除了标题之外并没有必要称"哥哥",用一般的"you"(你)就可以。只是最后"不是个你"这一加强的说法无法实现,但英文"but not you"之外还有"Dear me!"(我的天哪!),还有"I run into a man"(和一个男人撞了个满怀),可以说比"跑到跟前"更强烈,更有趣。于是,是可笑还是可气的问题,也得另找途径来解决:"To laugh or to love, but who?"(该笑还是该爱,可是对谁呢?)。

12. 神仙挡不住人想人

哎咿呀,嗨嗨,
山挡不住云彩,
树挡不住风,
神仙也挡不住人想人,
神仙也挡不住人想人。

God on High Stops No Man Thinking of a Woman

Aiyiya haiahi ...
A mountain high stops no cloud sailing, sailing.
A tree tall stops no wind blowing, blowing.
And God on high stops no man thinking, thinking of a woman.
And God on high stops no man thinking, thinking of a woman, a woman.

【翻译提示】

汉语中简单的句子在翻译成英文时,会发生奇妙的变化,失去其简单性,因而达不到预期的表意目的。因此,英译采用民间思维中的重复结构,产生缠绵的效果。不仅如此,语义上的问题,也需要克服,否则,"人想人"译为"男人想男人",就有同性恋之嫌。如果风不刮,云彩不飘动,就没有"挡住"和"挡不住"的问题。"神仙"译为"天上的上帝",也有类似的作用。汉语的"神仙"(immortal)作为自由和长寿的形象,本没有阻挡人想人的义务。

第六部分　秧歌词调
PART SIX　YANGGE DANCE

1. 新春秧歌闹起来

瑞雪飘飘灯结彩,
鞭炮好像红梅开。
除旧迎新庆丰收,
新春秧歌闹起来。
(哎嗨咿呀嗨)
新春秧歌闹起来。

男女老少一齐来,
秧歌队好像花之海。
锣鼓咚咚人欢笑,
笑声歌声分不开。
(哎嗨咿呀嗨)
笑声歌声分不开。

Yangge **Dance in a New Spring**

Snowflakes fly and colorful lanterns hang high.
Firecrackers explode like plum flowers in full bloom.
The New Year is welcomed with a bumper harvest,
And *Yangge* dance is performed in a new spring.
(Aihai yi yahai)
Yangge dance is performed in a new spring.

Everybody joins in and enjoys the dance.
A sea of flower is seen when the dance begins.
Drums and gongs are beaten, mixed up with
Laughters from audience and songs from singers
(Aihai yi yahai)
Laughters from audience and songs from singers.

【翻译提示】

　　陕北秧歌多属于民俗活动，而不一定与爱情有关，所以动作性与表演性加强，而抒情性则减弱。由于在文化上全民性的东西增强而个性化的东西减少，翻译的语言在地方性上要求也不太严。但这并不一定意味着翻译难度的减小，例如"新春"的不同译法（the New Year、a new spring）以及 joins in and enjoys 的英文词趣。这首秧歌词的翻译在基本上单句成行的前提下，也有一处连句跨行，属于不得已。另外，为了配合表演性，原文的呼喊在段落中间予以保留，而最后一行缩进排列，赢得视觉上的重复效果。

2. 你把咱秧歌放回来

红绿纱灯挂两排，
松柏长青两边栽。
你把你的彩门开，
你把咱秧歌放回来。

Welcome Our *Yangge* Dance Team

Red lanterns and green lanterns are hung overhead,
And pine trees and cypress line the broad road.
Would you please open your decorated gate wide,
And welcome our *Yangge* dance team into your yard?

【翻译提示】

秧歌的表演性要求在理解和翻译时必须注意到它的演出场所即空间安排，这里要考虑到每一家欢迎秧歌队进到院子里来表演的情况，所以在正文里添加"进到院子"（into your yard），不是空洞的，而是有所指向的。

3. 一圪嘟秧歌满沟转

一圪嘟^①葱，一圪嘟蒜，
一圪嘟婆姨^②（就）一圪嘟汉^③。
一圪嘟秧歌满沟转，
一圪嘟娃娃^④就撵^⑤上看。

A Cluster of *Yangge* Dancers on the Way

A cluster of onions, a cluster of Chinese onions,
A cluster of housewives and a cluster of farmers.
A cluster of *Yangge* dancers acting all the way,
And a cluster of children follow them the whole day.

【翻译提示】

汉语生动的方言有时包含量词的巧妙用法。"一圪嘟"（a cluster of）可以用于葱、蒜和人，是一个奇妙的搭配。保持这一搭配就保持了译文整首歌的特点和每一行之间的自然连接。于是一切皆活，否则一切皆死。

---

① 圪嘟：丛，堆，捆。
② 婆姨：媳妇，妇女。
③ 汉：男子，丈夫。
④ 娃娃：儿童，子女。
⑤ 撵：跟，追。

4. 满面春风笑盈盈

南里上来一朵云,
走在你跟前你是亲朋①。
亲朋好友站得齐格铮铮②(哎呀),
满面春风笑盈盈。
(哎嗨哎嗨哟)
满面春风笑盈盈。

A Broad Welcoming Smile

A blessing cloud rises from the southern sky,
You are my folks and friends to watch the dance.
So large an audience stands with you in a row,
A broad welcoming smile is seen on every face.
(Aihaiiiiii, aihaiiiii, yooooooooooooooooo)
A broad welcoming smile is seen on every face!

【翻译提示】

　　中心意象是翻译文学类作品的核心问题。这里的中心意象是标题中的"满面春风笑盈盈",舍掉其中的"满面春风",再加上"欢迎"的内涵确定,才能翻译好这个中心意象。另一方面,社会活动

---

① 亲朋:亲戚朋友,这里特指乡亲。
② 齐格铮铮:整齐,一致。

如秧歌舞会涉及人际关系，其中的"亲朋好友"，一是指关系，一是指"观众"，两者的分离和结合是一个问题，解决好了，一切会迎刃而解。

秧歌词调

5. 给你一朵花儿戴

好好拧^①(来)好好筛^②,
你把你的精神抖起来。
抖起精神有人爱,
给你一朵花儿戴。

Give You a Flower to Wear

Right, Rock! Well done!
And do it with a crack style,
And someone will love you
And give you a flower to wear.

【翻译提示】

　　文学翻译和创作一样,是营造一种气氛,而不是过分地追求和原来字面上的一模一样。"拧"和"筛"的动作,在汉语中是有区别的,但在英文中未必构成必须区分的翻译因素,因此可以借鉴一个"摇滚"的"摇"(Rock),若要把二者全部等同译出,就变成"摇滚",反而一点没有区别了。"Right, Rock! Well done!"既有动作提示,也有赞同和夸奖,已经实现了交际功能。还有第二句和第三句的区分和联系,以及第三句和第四句的区分和联系,在译文和原文中都有微妙的变化。请注意。

---

① 拧:扭秧歌的扭,腰部转动。
② 筛:平行急促摇摆抖动,如筛粮食状。

6. 货郎卖货

乡里的大嫂墙头上爬,
我问货郎你卖什么?
小翠花,小翠花,
竹皮镜、洋火匣,
草纸①、葫芦、宁夏麻,
红绿锁布②、黑手帕。
哎!要什么货儿再来看吧!

A Peddler's Song

Hi, that lady over the wall,
You ask me what I have for sale?
I'll tell you, and you listen:
I have mirrors, matches, and paper,
Calabash, and flax from Ningxia,
And red and green ribbons,
And black handkerchiefs.
Whatever more you want,
You come down here
And have a good look!

---

① 草纸:一种粗质的纸,不做书写用。
② 锁布:锁边的布,彩带,丝带。

【翻译提示】

　　这首歌词原有叙事和对话，译文处理成只有一个中心，即从货郎的角度来说话，这样符合英文焦点透视的原理，也使得歌词本身变得简单一些。相应地，原文的"小翠花"的呼语，也略去，变为"我告诉你，你听着!"，以便暗示距离的远（一个在墙内，一个在街上）。而且最后一句也化为三句，通过语言作用，通过"下来"（come down）和"仔细看"（have a good look）的行动实现这个距离的消除，即生意的做成。至此，一切皆处理完毕。而货物的列举，自不在话下。

7. 唱了一番又一番

唱了一番又一番，
心中的歌儿唱不完。
再唱几番也不难，
还有些小场①没耍②完。

几位亲朋仔细听，
腰鼓③活动暂时停。
花花儿水船④要起身，
二位艄公把船行。

One Song after Another

One song after another,
I have sung so many.
And I have more to sing
And more to dance.

---

① 小场：秧歌术语，与大场相对，指小规模高难度较灵活的表演。
② 耍：干，做，演出。
③ 腰鼓：陕北腰鼓，一种将鼓固定在腰间，边敲边舞的活动，以安塞县腰鼓最著名。
④ 水船：跑旱船。

Dear audience, listen,
Waist-drum dance stops now.
Next is boat dancing;
Two boatmen are coming.

【翻译提示】

　　这样一首歌具有换场解说词的作用,所以翻译只要功能对应,顺利引导读者即听众去观赏节目就行。小场和大场的区别可以不论,船前面的"花花儿水"的修饰也可以不要,两个艄公出来就是船上来了。

8. 船歌

（1）

雪里梅花雪里开，
东风绕上云头来。
有朝一日雪消开，
呼啦啦闪上一个水船来。

水船好像翠华宫，
年轻人风流把船登。
青春爱的少年人，
那花儿能开几日红？

（2）

正月里闹元宵（呀），
大街上好热闹。
船里边又坐一位花大姐（呀）
实实生得好[①]。

龙灯狮子跑（呀），
水船后面摇。
船里边又坐一位花大姐（呀）
实实生得好。

---

① 生得好：指相貌俊俏。

Song of a Boat Dance

(1)

Plum blossoms brave winter snow.
East wind brings about warm spring.
Once snow melts into a great river,
Look, Boat Dance comes up for show.

A large boat is like a palace building,
And young dancers will go boating.
Youth is the prime of human life,
And flowers bloom at good time.

(2)

The First Month sees the Lantern Festival,
The town is bustling with light and noise.
The boat's carrying a charming lady,
And so charming is she!

Lanterns of dragon and lion go ahead,
And a boat rolls along behind.
The boat's carrying a charming lady,
And so charming is she!

【翻译提示】

　　船歌有两组，翻译也不同。第一组的上阕说的是春暖河开，行船的条件便具备，因此第二句将"云头"改为"春天"，第三句让河水直接出现，便是水到渠成。下阕中只有大船才能如宫殿，而年轻人与青春和花开的关系，显然是乐观的，因此最后一句的基调改为乐观而不是"那花儿能开几日红"的悲叹。

　　民间舞蹈要注意节气的表示。第二组诗的开头说的是时间在元宵节，大街点出地点，译为"全城"，其余才是活动。下阕的龙灯狮子和旱船是一个序列，是活动本身。花大姐的两句，译文用倒装结构和同义词重复的修辞手法，很有意趣。这也是翻译所追求的艺术效果的一部分。

秧歌词调

9. 跑旱船

太阳（呀）下来这么样样高①（么哟号），
照见（那个）老头（是）过（呀）来了。
身上（哟号）穿的一件烂皮（得）袄（哟号），
长上两根胡子（哟），
（奴得吊咿得吊得儿吊得哟吊吊）
那才是个假的②（咿哟号）。

太阳（呀）下来这么样样高（么哟号），
照见（那个）妻儿（是）过（呀）来了。
身上（哟号）穿的一件红绸（得）袄（哟号），
口上擦的那胭脂（哟），
（奴得吊咿得吊得儿吊得哟吊吊）
那才是个假的（咿哟号）。

A Boat Dance

The sun is rising so high and higher up,
And the old man is coming and coming up.
He is wearing a lamb skin robe and
Wearing the handlebar mustache

---

① 这么样样高：这样高，这么高。
② 假的：这里指以少扮老，下面可能指男扮女装。

(Nudeyide diaode diaode yodiaodiao)
And it's a figure all dressed up.

The sun is rising so high and higher up,
And the young lady is coming and coming up.
She is wearing a scarlet silk robe and
Wearing the rouge on her lips
(Nudeyide diaode diaode yodiaodiao)
And it's a figure all dressed up.

【翻译提示】

与其他秧歌词不同的是,这首《跑旱船》的方言味道极浓,演唱性也很强。译文采用戏剧手法进行翻译加工,包括太阳升起和演员出场的类似结构,演员化妆和表演的细节夸张,拟声效果的全真模仿,以及最后一个揭谜底的甩包袱的技巧:"这是一个打扮起来的人物"。无一不有根有据,有声有色。说翻译是创作的模仿和继续,由此可见一斑。

秧歌词调

10. 九曲好像一座城

九曲①好像一座城,
神仙推开南天门。
四周八面点灯明,
回头又观扬州城②。
扬州城,灯点明,
观灯以后住太平。

九曲好像九座城,
七十二位诸神来观灯。
男人观灯不生灾,
龙儿灯,凤儿灯,
狮子绣球高龙灯,
观灯以后住太平。

The Lantern Patterns Show a Brilliant City

The lantern patterns now show a brilliant city.
Eight immortals push the Southern Gate open.
Lanterns are so bright in all directions,

---

① 九曲:秧歌术语,据说起源于三仙姑给姜子牙摆的"九曲黄河阵",现指在固定时间、地点的图阵中观灯表演的娱乐活动,俗称"观灯"。
② 扬州城:这里非实指,只表繁华。

As if in the brilliant Yangzhou City,
Which is all the more splendid and bright,
And it is a symbol of everlasting peace.

The lantern patterns now grow into nine brilliant cities.
Seventy-two immortals arrive to enjoy the scene;
It brings forth a good luck to all human beings.
Look, dragon lanterns, and phoenix lanterns, and
Lion-playing-ball lanterns are all on show.
And lanterns will bring forth everlasting peace.

【翻译提示】

　　简化与明晰是指代和指云的要求，因此，像"九曲"这样的地方就得直接译为"灯阵"才好懂。而有些地方，例如"神仙"则可以具体化为"八仙"，这样和后面的九座城七十二神仙也能构成比例关系，只有扬州城直译出来，不可避免，好在后文有象征意义的解释，而且另有注释。男人观灯也泛化为人人观灯可得吉祥，与龙凤也能形成潜在的照应关系。总之，翻译要照顾全面，无论在思想上还是艺术上均须如此。

11. 瑶池歌舞落人间

瑶池歌舞落人间,
火树银花不夜天。
九曲黄河十八道湾,
风调雨顺是丰年。

Heavenly Dance on Earth

Heavenly dance comes down to earth,
And human world is enlightened.
May timely rain come all the year round,
And a bumper harvest is ensured.

【翻译提示】

抽象化是达到普遍性的基本手法,"瑶池"和"火树银花"都须通过重新解释才能翻译成具有普遍意义的语句为西方人所理解。以天堂歌舞照亮人间,以风调雨顺象征丰年,意尽而歌竟,意境即全。也就是说,抓住了"风调雨顺是丰年"的主题,则这首歌的大事已毕,"九曲黄河十八道湾"自然成为多余,可以大胆地舍去了。因为民间文学自有一些随意性在其中,不必过于计较。

西北回响

12. 打腰鼓

天朗朗，地黄黄，
我大生我要吃粮。
生就了骨头造就了胆，
打起腰鼓迎吉祥。

打腰鼓，迎吉祥，
打得那满山糜谷香，
打得那沟里牛羊壮，
打得那河水哗哗淌。

打腰鼓，迎吉祥，
打得那妹子进洞房，
打得那日子甜如蜜，
打得那光景暖洋洋。

打腰鼓，迎吉祥，
打得那山树百草旺，
打得那鲤鱼跳龙门，
打得那天地放红光。

月弯弯，星亮亮，
我妈生我要强壮。
牛一样的脾气火一样的烈，
打起腰鼓我给大家送吉祥。

A Waist-drum Dancer

The heaven shines bright, the earth gets yellow.
And my father begot me, I've become a good soldier.
And I grow with my bones hard and my will strong,
And I am a waist-drum dancer, dancing for good luck.

And I am a waist-drum dancer, dancing for good luck,
Dancing for a bumper crop in the mountain slope,
Dancing for a healthy growth of cattle in the valley,
Dancing for an ever-flowing bubbling clear creek.

And I am a waist-drum dancer, dancing for good luck,
Dancing for a bride and bridegroom into their bridal chamber,
Dancing for a good and happy life as sweet as honey,
Dancing for a good and happy life as warm as the sun.

And I am a waist-drum dancer, dancing for good luck,
Dancing for a luxuriant forest and flourishing grassland.
Dancing for a high jump of fish over the Dragon Gate,
And dancing for a brilliant shining world in the future.

The moon is beaming, and the stars twinkling,
And I am born strong and I'm a man of bravery.
And strong as a horse and brave as flaming fire, Hey!
And I am a waist-drum dancer, dancing for good luck!

【翻译提示】

　　陕北的腰鼓以安塞县的最为出名,而腰鼓据说是当年部队随军的家什。可以想象,当年出征之际,黄土高坡,军容齐整,万鼓齐鸣。腰鼓腰鼓,热烈而具有鼓动性,而且便于携带和击打。所以在"我大生我要吃粮"的翻译中要突出"吃粮"就是从军的主题,否则这个句子成为不可解(陕北话的"吃粮"就是"当兵")。沿着这一主题,就有可能进一步将标题"打腰鼓"由动作性翻译为"腰鼓舞者"的身份: a waist-drum dancer。与之相适应,"打起腰鼓迎吉祥"这一主题句,也相应地可以处理为"And I am a waist-drum dancer, dancing for good luck."。这样,全曲的基调既定,则其余不足道也。顺便说一句,这首歌是陕北"鲶鱼"孟海平的作品。

第七部分 | PART SEVEN
流浪岁月 | WANDERING LIFE

流浪岁月

1. 走三边

一道道的（个）水（来哟）一道道川（哟），
赶上（哟哎）骡子儿（哟）我走（呀）走三边①。

一条条的（那个）路上（哟）人马（那个）多，
都赶上的（那个）三边（哟）去把宝贝驮。

三边的（那个）宝贝（哟）名气大，
二毛毛羊皮②，甜干干草③，还有（那个）大青盐④。

山有（那个）灵气（哟），地（哟）好出（那个）产（哟），
而今（那个）三边（哟）又把（那）宝贝添。

提起三边新三宝名更大，
石油、煤炭、天然气，送到北京和西安。

人人都说（那个）三边好，好三（那个）边，
塞上（那个）明珠（哟）亮（呀么）亮闪闪。

---

① 三边：明代为防御蒙古南侵沿长城设"靖边""安边""定边"三营，在今陕北和内蒙古、宁夏交界处，故称"三边"。
② 二毛毛羊皮：小羊羔的皮，可做皮袄。
③ 甜干干草：甜干草，一种中草药。
④ 大青盐：一种食盐。

赶骡子儿的（那个）人儿（哟）爱三边，
三边的（那个）小妹妹（哟）歌（呀么）歌也甜。

一道道的（那个）水（来哟）一道道川（哟），
赶上（哟嗬）骡子儿（哟），我走呀走三边，
赶上（哟嗬）骡子儿（哟）我走呀么走三边。
哦嗬嗬！

Go to the Old Frontiers

River after river and valley after valley,
I drive my mules and go to the Old Frontiers.

Look, the trade route is crowded with people,
And they all go to the Old Frontiers for treasures.

The Three Treasures of the Old Frontiers are well-known:
They are lambskin, licorice and good cooking salt.

The mountain is blessed, and the land is productive,
So more treasures are added to today's Old Frontiers.

Even more famous are the three treasures newly found:
Oil, coal and natural gas, which are transported to Xi'an and Beijing.

流浪岁月

Everybody says the Old Frontiers are wonderful places,
Like pearls glittering in the Northwest Area.

All the trade-porters are lovers of the Old Frontiers,
And all the girls of the Old Frontiers are good singers.

River after river, valley after valley,
I drive my mules and go to the Old Frontiers
I drive my mules and go to the Old Frontiers.
Aihai-yoooooooooh!

【翻译提示】

　　《走三边》是一首脍炙人口的民歌，三边是昔日的边塞、今日商业贸易的中心，因此这里采用了意译的方法（the Old Frontiers），旨在突出历史感和沧桑感。相应地，赶骡子的人，也不是一般的脚夫，而是负有贸易责任的生意人。因此创造一个复合词（trade-porter）来表示它。另外一个重要的现象是，这首民歌是有结构的，前三节反复运用三边勾连成句描写上路（the trade route）和路上所见的热闹场面，中间两节说明三边的旧三宝和新三宝，接下来的两节表达对三边的赞颂和热爱，最后一节回到开头赶骡子的场面而结束。如果说这首歌句句不离"三边"，那么"三边"就是全篇的核心词和语篇黏着性的基本要素。至于"塞上"明珠，译为广义的"西北地区"，也是考虑到这一统一的地域因素。

2. 下四川

一溜的山（来者哟咿哟噢哟），
两溜溜山，三溜溜山（啊），
脚夫哥哥下了（的个）四川（噢哟哟啊）
脚夫哥哥下了（的个）四川。

今个日子牵（来者哟咿哟噢哟），
明个日子牵，每日（噢）牵（啊），
夜夜的晚夕里梦见（噢哟哟啊），
夜夜的晚夕里梦见。

脚跺的个上路（哟哟）心（哟哦），
我想着你，心想着你（啊），
喝油也不长（的个）肉了（哦哟哟啊），
喝油也不长（的个）肉了（哦哟哟啊）。
哦——

Go to Sichuan

One mountain ridge,

Two mountain ridges, and three mountain ridges ahead,

I drive my loaded cattle to Sichuan.

I drive my loaded cattle to Sichuan.

流浪岁月

Today and tomorrow
And every day I think constantly of you so much and oh,
That I dream of you every night,
And I dream of you every night.

I set my foot on the road,
But my heart goes to you, to you
And day and night I think of you so much and oh,
That I can no longer grow,
That I can no longer grow.
Oh hooooohoooooo.

【翻译提示】

　　《下四川》这首歌的演唱带有四川口音，用词也有些四川方言，甚至"拖腔"也是四川味道很浓的。"脚夫哥哥"是夫子自道，整首歌也是独白和思念。第一节的"山"的连接很有特点，运用量词进行铺陈的效果，基本上可以模仿。第二节的"牵"的动词却很难译，译文运用连动和感叹的双重结构以及以结果表程度的手段（And everyday I think constantly of you so much and oh / That ...）来加强分量感，原意基本上得以传达。第三节通过日夜思念进一步加强了爱的程度（And day and night I think of you so much and oh），而将"喝油也不长肉"的较俗的比喻删掉，直译为"长不高"，已经很有新异感了。

3. 赶牲灵

男：哎哟哟哟嗬哟嗬，啊哎哎咿呀哟嗬嗬，
　　走头头①的（那个）骡子儿（哟）三盏盏的（那个）灯，
　　（哎哟）戴上了（那个）铃子儿（哟哦）哇哇的那个声。
　　白脖子的（那个）哈巴（哟）朝南的（那个）咬，
　　赶牲灵②的（那个）人儿（哟哦）过呀过来了。

女：哟嗬嗬，哟嗬嗬，
　　赶牲灵的人儿过来了，过（呀）来了，过（呀）来了，
　　（哟嗬嗬，哎）过来了，过（呀）来了，过（呀）来了，
　　（哎）过来了。

男：你若是我的妹子儿（哟），你就招一招（那个）手，
　　（哎哟）你不是我的妹子儿（哟哦）走你的（那个）路，
　　（哎哟）你不是我的妹子儿（哟哦）走你的（那个）路。

Herdsman Coming

M: (Aiyooooohoooyooohooo, ahaiyiyoooohoohoo)
　　The leading mule has three red knots on its head,
　　And its bells are ringing soundly all the way;

---

① 走头头：领头的，走在头里的。
② 牲灵：牲口，这里指骡子。

The white-necked Pekinese is barking southwards,
So the herdsman is coming this way.

W: (Yaohooohooo, yaohooohooo)
　 So the herdsman is coming this way, this way, this way,
　 (Yaohooo) This way, this way, this way, this way.

M: Why not wave to me if you're my good girl,
　 Or else you're not, and go your own way.
　 Or else you're not, and go your own way.

【翻译提示】

　　《赶牲灵》有两个版本，不仅名字很美，而且结构也很美。名字表示人与动物之间的亲切关系，而结构特点是男的主唱和表演而女的应答和陪衬（可以不出场），也有女子主唱或独唱的，但总体说来都是表达女子对外出归来的心上人的期待和失望。就关键词语而言，"过（呀）来了"和"走你的（那个）路"等重复结构具有指示和连接的双重功能。而在译文中，coming this way 和 go your own way 较之汉语原文具有更强的亲和力和黏着性。另外，对吆喝声的模仿也有营造气氛和加强连接的作用。

4. 走绛州

一根扁担软溜溜①的溜（呀呼嗨），
软溜软溜软溜软溜溜（呀呼嗨），
挑起那扁担走绛州②。
扁担弯弯呢呀呢呀呢呀呢呀扭③，
筐儿颤颤叽叽啾，④（哎嗨哎嗨哟）
我走了绛州。

一辆小车吱扭吱扭吱（呀呼嗨），
吱扭吱扭吱扭吱扭吱（呀呼嗨）。
推起那小车走绛州。
轮儿转转咕拉咕拉勾，⑤
车儿颤颤吱呀吱呀走，（哎嗨哎嗨哟）
我就走了绛州。

一头毛驴踢踏踢踏踢（呀呼嗨），
踢踏踢踏踢踏踢（呀呼嗨），
赶起那毛驴走绛州。

---

① 软溜溜：(扁担) 有弹性，与人的节奏配合，挑起来省劲儿。
② 绛州：古地名，在今山西省境内。
③ 扭：挑扁担时腰部扭动的动作。
④ 筐儿颤颤叽叽啾：扁担两头的筐子颤悠悠。
⑤ 轮儿转转咕拉咕拉勾：轮子转动的声音。

毛驴喘喘呼啦呼啦呼,①
鞭儿闪闪啪啦啪啦抽,(哎嗨哎嗨哟)
我就走了绛州。

Go to Jiangzhou

A shoulder-pole is so springy and supple,
So springy and supple, so springy and supple,
And I carry a load with the shoulder-pole
And go to Jiangzhou.
With so springy and supple a shoulder-pole,
I go to Jiangzhou.

A handcart goes click-click-click-click and
Click-click-click-click, and click-click-click-click,
And I push my handcart forward
And go to Jiangzhou.
With the click-click-click-click of my handcart
I go to Jiangzhou.

A donkey goes clip-clop-clip-clop and,
Clip-clop, clip-clop, clip-clop and clip-clop
And I lead my donkey,
And I go to Jiangzhou.

---

① 毛驴喘喘呼啦呼啦呼:毛驴喘气的声音。

With the clip-clop-clip-clop of my donkey,
I go to Jiangzhou.

【翻译提示】

《走绛州》的关键和听点是拟声词的使用，模仿扁担、小车和毛驴的动作方式与节奏韵律，可得民歌演唱与劳动节律完全和谐之妙。可以说，译文严格按照这种拟声效果的需要和要求，组织或仿造英文的拟声形式以达到类似的艺术效果。只是在扁担的质感（软和与弹性）与拟声之间，除了头韵之外很难找到最佳的结合形式，因而还有待于改进。

5. 脚夫调

三月里（的个）太阳红又红，
为什么我赶脚的人儿（哟）这样苦命？

我想起（的个）我家心伤透，
可恨的（那个）老财主（哟）把我逼走。

离家到（的个）如今三年整，
不知道我的妻儿可是（哟）还在家中。

我在（的个）门外^①你在家，
不知道我的娃儿可在（哟）干些什么。

Transporter's Song

The sun is so red and hot in March.
Why am I so miserable as a transporter?

I feel sad when I think of my family.
And I hate the landlord who forced me out.

---

① 门外：外边，外地。

Three years have passed since I left home,
I have no news from my children and wife.

Since I have left them at home for so long,
I worry and fear that something might go wrong.

【翻译提示】

　　这首歌的翻译比较简单，主要是最后两节把原文的妻儿分别进行叙述，变换为译文的妻儿结合在一起叙述，这样可以在最后一节集中深入地表现在外的脚夫对家里的担心——可能家里出了什么事情？

6. 走西口

哥哥你走西口[①],
妹妹(呀)犯了愁。
提起哥哥走西口(哎),
小妹妹泪长流。

哥哥你走西口,
妹妹送你走,
手拉上(那个)哥哥的手(哎),
送出了大门口。

哥哥你走西口,
小妹妹不丢手。
有两句(那个)知心话(哎),
哥哥你记心头。

走路你走大路,
万不要走小路。
大路上那个人马多(哎),
有说有笑解忧愁。

哥哥你走西口,
万不要交朋友[②]。

---

① 西口:指内蒙古、宁夏等地,为陕北及山西一带穷人出行谋生的去处。
② 交朋友:隐喻另交新欢。

交下的(那个)朋友多(哎),
你就忘了奴。

哥哥你走西口,
不要忘了奴。
唯有和(那个)小妹妹,
天长又日久。

You're Going to Xikou

You're going to Xikou,
I worry about you.
Whoever says it to me,
My tears come down. Woe!!

You're going to Xikou,
I'll see off you.
Your hands in mine,
To the gate we go.

You're going to Xikou,
I can't let you go.
Please do remember
Whatever I tell you:

流浪岁月

You'll take the main road,
Never to the minor ones.
You'll go with pleasures
With so many travelers.

You're going to Xikou,
Another girl you'll not know.
Sure, you'll forget me,
With another girl you know.

You're going to Xikou,
Forget me not, though.
For I want to live forever
Together with you.

【翻译提示】

　　一曲《走西口》唱红了陕北民歌，唱遍了大江南北长城内外，令人回味无穷。除了旋律的悠扬凄婉以外，歌词也朴实感人，单独看来，有一种类似于五言歌行的美。因此在翻译时就采用了类似于五言的节奏感，并且尽量保留尾韵的一致——当然，一些变化是必要的，例如变为直接引语的开始一节。此外还有一点，就是尽可能模仿民歌的民间思维模式，例如用简单的词语倒装和重复，不用或少用情态动词，以及with结构的使用，甚至个别古语习惯的保留（如forget me not），都有助于表现陕北文化这个传统保守与浪漫抒情相交融的奇妙结合形态。

7. 江湖行

东三天西两天无处来安身，
饥一顿饱一顿饮食有点不均匀。

刮不完的野鬼①呀受不完的罪，
说不完的好话②我受不完的气。

江湖上跑来呀江湖上逛，
江湖上的酸甜苦辣我都尝过。

鸡爪爪黄连呀这苦豆根，
苦来苦去苦在那咱的心。

满天这星星满天明，
有一颗不明就是咱苦命人。

Wandering Around the World

Three days in the east and two days in the west,
Where is my place for a good rest?

---

① 刮野鬼：四处流浪，漂泊无定。
② 说好话：说低三下四的话。

流浪岁月

One meal I have and next I have not,
How can I keep a balance in my diet?

The endless world I wander all around,
The endless hardships I endure,
The endless humble words I utter
And the endless wrongs I suffer!

I wander to this side and I wander to that side,
And I am often caught between two fires.
All the hardships and bitterness I've tasted,
And I know what a bitter life means to me.

A piece of bitterness links another piece,
And they come together into one root:
Bitterness in body of any kind is no matter,
But bitterness in heart really bothers me.

All the stars in the sky twinkle and shine
But only one which is the star for the poor;
And the star of the poor man goes dim,
The miserable star overhead is wanderer's soul!

【翻译提示】

　　这首歌见于马政川收集的民歌集。它与传统的民歌相比,似乎有了新的元素,例如"饮食有点不均匀",带有现代书卷语气和调侃反讽的味道。为了适应民歌的体制而且便于翻译,歌词的排列采用了规划和整一的原则并且做了相应的处理,使其归入信天游的上下句式。在翻译上也是如此,运用扩充译法,但采用了四行一节的传统形式,在内容上更加连贯。例如,第一节模仿歌词的语义和语气起兴,掀起高潮;第二节采用 the endless 结构,增强了流浪的连续性和无尽性;第三节较多采用扩充的译法,深入挖掘了歌词的内涵。成语的处理是有加有减。第三节的"鸡爪爪黄连呀这苦豆根"便是摄取了后者而舍弃了前者,但在第二节"受不完的气"的抽象说法上,则添加了"两头受气"的英语形象:"And I am often caught between two fires."。最后一节甚至利用星相学的原理,创造了象征的意境:"And the star of the poor man which goes dim, / The miserable star overhead is wanderer's soul!";从而以"流浪者的灵魂"升天弥补了汉语"刮野鬼"在英语表达上的不足。

8. 妹妹曲

哎！妹妹你大胆地往前走哇，
往前走，莫回呀头。
通天的大路九千九百九千九百九哇。

哎，妹妹你大胆地往前走哇，
往前走，莫回呀头。
从此后，你，
搭起那红绣楼①哇，
抛撒着红绣球②哇，
正打中我的头哇；
与你喝一壶哇
红红的高粱酒哇，
红红的高粱酒哇，哎！

妹妹你大胆地往前走哇，
往前走，莫回呀头。

---

① 红绣楼：绣楼是高处的闺房，从上面抛绣球。
② 红绣球：抛绣球是旧时女子择偶订婚的形式，打中者即为夫婿。

西北回响

Singing to My Girl

Aiiiiiiiiii, My girl—
My girl, go, go alone, and go the way of your own.
Go, go ahead and never turn back again.
Every road leads to heaven,
—Ninety-nine hundreds in all.

Aiiiiiiiiii, My girl—
My girl, go, go alone, and go the way of your own.
Go, go ahead and never turn back again.
Now that you've set up your Red Chamber,
And you've cast your Colorful Silk Ball,
And hit me right on my head,
And so I'll sure treat you to a drink,
To drink a pot of Red Sorghum Spirit.
A full pot of Red Sorghum Spirit!

Aiiiiiiiiii, My girl—
My girl, go, go alone, and go the way of your own.
Go, go ahead and never turn back again.
Never!

【翻译提示】

《妹妹曲》是由张艺谋执导、根据作家莫言的同名小说改编的电影《红高粱》中的插曲，本不属于原生态的陕北民歌，而是创作歌曲，但是因为它形态逼真，极富地方民歌妙趣，令人喜之不禁，姑且编入和翻译出来，以表情怀。翻译的要点是设法保持或创造一种阳刚之气和豪迈之情，于是，将首句的呼喊"Aiiiiiiiiii, My girl"独立成行以壮其势，将英语的简单有力的 go、go alone、go ahead 反复铺陈以长其气，将 go the way of your own 延长到 never turn back again 的句末强调，以永其味。另一方面，在求婚民俗和爱情主题的结合上，则注意创造一套汉文化的词语和说法（例如红绣楼、红绣球、高粱酒等），并且让它们前后一贯，形成完整的语意场，逐步积累语势以至于高潮。这样一切就变得可以理解和接受了。

9. 跟上哥哥走包头

三十三颗（那）荞麦九十九道棱；
我多交上（那个）朋友多牵心。

走头头（那个）骡子上碥畔，
（哦）干妹子忙把红鞋换。

骡子走头马走后，
我跟上我（那）哥哥走包头。

I'll Follow My Dear One All the Way to Baotou

Thirty-three grains of buckwheat have ninety-nine arrises,
I have more cares about my boyfriend in my heart than otherwise.

As I see the mule reaching the terrace before my cave dwelling,
I change into my red shoes, ready to set off.

The mule goes ahead, and the horse follows.
And I'll follow my dear one all the way to Baotou.

【翻译提示】

　　包头是内蒙古的中心城市之一,自然也是从陕北可以走出去的一条路子。于是走包头就成为到外面闯世界的意思,和走西口、下四川、走绛州一样重要。不过这首歌比较简单,第一节极力说挂牵之多,第二节是情节部分,穿红鞋具有爱情或婚姻的象征作用,而硷畔只说明在窑洞近旁。骡子和马的比较,转移到哥哥和妹子的关系上来,也是就近比较原则所造成的修辞效果。译文运用动词 follow,恰如其分地处理了这种暗示关系。

10. 光景迫下咱走口外

老羊皮袄顶铺盖,
光景迫下咱走口外。

十冬腊月数九天,
光脊脊① 背② 炭实可怜。

一钵钵③ 沙蒿它随风风走,
受苦的人儿遍地地游。

西北风顶④ 住个上水船,
破衣烂衫我跑河滩。

Poverty Forces Me to Leave My Homeland

An old sheepskin coat is all I have on me;
Poverty forces me to leave my homeland.

---

① 光脊脊：光脊梁。
② 背：动词，背负。
③ 一钵钵：一丛丛。
④ 顶：顶风，逆风而行。

流浪岁月

The twelfth month is the coldest month of the year,
And I carry a bag of coal on my bare back!

A gale blows and clusters of wormwood bend down,
And the poor people wander about the world, rootless.

The northwest wind resists an upstream boat,
And I run to it through the flooded beach in rags.

【翻译提示】

从某种角度来说,信天游就是一些意象组成的对句诗,其上句有的为下句提供环境,有的为下句提供比兴。总之,翻译要照顾方方面面,使上下句有关联,这样就会引起一些语义上的微妙变化。"走口外"译为"背井离乡"(leave my homeland),"随风走"译为"弯下腰"(bend down),"遍地游"译为"无根状态"(wander about the world, rootless),"实可怜"干脆省掉了。最后一联"西北风顶住个上水船,/破衣烂衫我跑河滩",译文让后一句向前一句靠拢,于是产生一个人穿过河滩向顶风船跑去的意象,有一种力挽狂澜的味道,暗示了生活的艰辛,丰富了歌曲的意义。

11. 人在外边心在家

人在（那个）外边心在（那个）家（呀），
家（来）里头丢下一（个）朵朵花（哎）。

树叶叶绿来树叶叶黄（呀），
丢（来）下个小妹子①受凄惶②（哎）。

有心给你帮上个忙（呀），
山高路远我够不上（哎）。

I Leave My Heart at Home

I left home and left my wife at home,
And actually I left a flower in bloom.

Leaves change, now green, now yellow,
And my wife is always waiting alone.

I do wish that I could help her out,
But she's far away and out of my reach.

---

① 小妹子：意中人或妻子。
② 受凄惶：受罪，受可怜。

流浪岁月

【翻译提示】

　　思念与恋家合而为一，是一种复合情结。英文利用 leave 的两个意思产生了奇妙的作用，使之与家、心、妻构成一种复杂的无法分开和割舍的关系，而妻与花的明喻关系较之原文尤甚。第二节以树叶变化写时间推移和季节变换，"凄惶"实际上是孤独但又不限于孤独，比较而言更加丰富形象。"山高路远"可以不译，但"够不上"要译，而且由于英文的用词和汉语完全吻合，所以信息丧失很少。最有意思的是全文的抒情角度，原文是对妻子直接抒情，译文变换为对同伴讲述他对妻子的感情。由主观转向客观，是一个有意义的文学的和文化的转换，值得思考。

12. 赶骡子的哥哥

赶骡子的哥哥七尺高,
他上身穿的是蓝布布袄,
脚底的麻鞋多结实,
头上又把那羊肚子毛巾罩。

赶骡子哥哥七尺高,
壮实实的身板常常抿嘴嘴笑。
只要鞭梢梢空中绕一绕,
走头的骡子就乖乖站下了。

赶骡子哥哥他贩盐包,
榆林、绥德他哪儿也跑。
外头的婆姨女子都不爱,
单和奴家我来相好。

过罢大年春来早,
哥哥他赶骡子又把运输搞。
一年四季风雨里闯,
前几日又贩盐去了平遥。

太阳西斜一塄畔畔高,
奴家我烦闷大路口瞭。
赶骡子哥哥他走了已十天,
不见他回来我心焦躁。

两个喜鹊鹊树圪杈杈上叫，
不由得奴家我往大路畔上跑。
耳听得哥哥他把山曲曲唱，
赶骡子哥哥他终于回来了。

Mule Porter, My Dear One

Mule porter, my dear one, is a tall man of seven feet.
He is wearing a home-made jacket, blue in color.
And a pair of hempen sandals on his feet, he walks;
And a white towel on his head, he is so solid-built.

My dear one, the mule porter, is a tall man of seven feet.
And he is strong and his smile is so sweet to me.
He cracks his whip high in the air, and instantly
The leading mule stops and stands still.

My dear mule porter transports salt everywhere,
—Yulin, Suide and other places wherever needed.
He loves no one else, no matter whose wife or daughter,
But me, the only one he loves and loves whole-heartedly.

Right after the Spring Festival, he leaves home early
And leads his mule and transports goods for sale.
All the year round, he travels through wind and rain,
And recently he goes to Pingyao for the sake of salt.

The sun is setting, ready to kiss the hilltop beneath him,
And I feel uneasy and so I watch out at the roadcross.
My dear mule porter has been away for ten days already, yet
He has not returned. And I am restless with anxiety.

A pair of magpies sing merrily on a branch of a tree,
And I run instantly out of home and get on the way.
A voice is heard of him singing the local love song,
And my dear mule porter is finally back, and to me!

【翻译提示】

赶骡子的哥哥是一首以第三人称演唱的民歌,所以整个的叙事和描写都可以保留这一基本的角度,但它又是一首充满感情和渴望的情歌,所以从女人的角度描写自己和"哥哥"的情意则必须有很好的表露。歌词中"赶骡子的哥哥"的巧妙设计以及重复与变化("Mule porter, my dear one""My dear one, the mule porter""My dear mule porter"),都是基于这一既是身份又是呼语的复杂性而安排的。同时,在前半部分人物外貌描写中渗透着个性和动作的特点,在后半部分的叙事中倾注着唱歌人的感情,这些处理方式都值得注意。最后,比兴与象征的使用也渗透到歌词的景色描写中,例如,喜鹊的叫声传达欣喜(A pair of magpies sing merrily on a branch of a tree),西下的夕阳暗示性欲(The sun is setting, ready to kiss the hilltop beneath him),这些都巧妙地深化了全篇的意境和主题,增强了阅读或演唱的情趣和韵味。

13. 远行的骆驼

丝丝微弱吹过的西乃子风[①]（哟嗬），
片片黄沙投影的天空。
骆驼踩着黄昏的夜色，
走进我绮丽的梦（呀），
走进我绮丽的梦，
绮丽的梦（哟）。

在一个温暖的日子里，
我骑上远行的骆驼，
云中的太阳偷偷地看着我。

在一个美好的日子里，
我骑上远行的骆驼，
鲜艳的头巾遮住了我的眼窝[②]。

是谁打开爱的门栏？
是谁带来柔情浓浓？
我的情，我的心，我的希望，
早已不在途中。

---

① 西乃子风：来自西乃子的风。
② 眼窝：眼睛窝，眼睛。

丝丝微弱吹过的西乃子风（哟嗬），
片片黄沙投影的天空。
驼铃叮咚呼唤着朦胧，
谁与我同做一梦（呀），
谁与我同做一梦，
同做一梦（哟），
同做一梦？

My Camel Steps on a Long Journey

A gust of wind is blowing from Xinaizi, Yohoo!
And an endless desert stretches towards the skyline.
My camel steps on the evening tints
Into my wonderful dream,
My wonderful dream,
Wonderful dream.

On a warm sunny day,
I ride on my camel, and
The Sun peeps at me through clouds.

On a bright nice day,
I ride on my camel, and
A colorful headdress covers my eyebrows.

流浪岁月

Who opens the door of love for me?
Who brings the mood of love for me?
My mind and my heart and my hope
All call me at the other end of the journey.

A gust of wind is blowing from Xinaizi, Yohoo!
And an endless desert stretches towards the skyline.
The jingling bells of my camel lull me into a dream,
Who would dream the same dream together with me?
Who would dream the same dream together with me?
　　The same dream together with me,
　　Together with me?

【翻译提示】

　　这是一首创作歌曲,在那朦胧的年代具有朦胧的北部色彩。一种现实与理想交融的写法,反映当时并不具体的梦幻和不敢大胆追求的或许是尚未定性的爱情,和真正的西北民歌的阳刚之气的坦率和大胆相比,这首歌多了一点小资情调的小气和晦涩,也多了一些女性化的羞怯和幻想色彩。译文在模仿原作营造一种朦胧气氛上以及在营造边漠辽阔的视觉感受上,也是不遗余力,像太阳的窥视和不在途中的暗示,以及不知和谁人同做一梦的朦胧,都如法炮制出来,让歌者去歌唱,让读者去品尝。

第八部分　PART EIGHT
火红的旗帜　RED FLAGS FLY

火红的旗帜

1. 东方红

啊，东方——你就一个红①。
啊，太阳——你就一个升。
咱们中国出了个毛泽东，
他是人民大救星。

东方红，太阳升，
中国出了个毛泽东。
他为人民谋幸福（呼儿嗨哟），
他是人民大救星。

The East Turns Red

The east turns red and all so bright,
The sun is rising with all its might.
China has brought forth Mao Zedong,
Who comes to help saving his Nation.

The east is red; the sun is rising.
China has brought forth Mao Zedong,
Who comes to help saving his Nation,
And brings about happiness to his people.

---

① 你就一个红：这是陕北民间加强效果的语法，它的主语是"东方"。同理，下面的"你就一个升"，其主语是"太阳"。

【翻译提示】

　　《东方红》是脱胎于陕北民歌的主旋律歌曲,走过了战争与和平的年代,在没有了毛泽东的时代仍然广泛传唱。尤其是这个比较接近原生态的民歌版本,较之标准化和经典化了的正式版本,要有趣得多,其翻译自然也要不拘一格。在面对东方和太阳的时候,"你就一个红"和"你就一个升"的强旋律,把人对于自身生命力的投射发挥到一个超常规的极限。译文采用增加强度和感染力的措辞和构句方式,直接抒情,摒弃了静态的描写。第二节的译法有变化,适应了节奏的加快。另外,在"大救星"和"谋幸福"两句的位置上,也有调换,表现激情累加的逻辑而不是一味的押韵。

2. 刘志丹

正月里来是新年,
陕北出了个刘志丹[1]。
刘志丹(啊)真勇敢,
他率领队伍上(呀)横山[2](哪),
敌人完了蛋。

三月里来三月三,
人人歌唱刘志丹。
刘志丹(啊)是清官,
地主的钱粮分给庄稼汉(哪)。
秋毫也不沾。

六月里来大热天,
麦收时节在眼前。
刘志丹(啊)不怠慢,
他指挥军队下(呀)麦田(哪),
支援搞生产。

---

[1] 刘志丹(1903—1936):陕北保安县(今志丹县)人,名景桂,字志丹。陕甘革命根据地的创始人和主要领导人之一,曾任中国工农红军陕甘游击队总指挥,牺牲于1936年的东征战役中。刘志丹的事迹在陕北广为传颂。
[2] 横山:山名,在陕北横山县,属榆林市。

十月里来天气寒,
敌人趁机搞倒算①。
刘志丹(啊)一露面,
妖魔鬼怪连(呀)锅端②(哪),
人人都称赞。

Liu Zhidan

The first month started the New Year.
Northern Shaanxi brought forth Liu Zhidan.
Liu Zhidan was a brave soldier,
Who led his men up to Mount Hengshan,
And the enemy was terrified.

The third month reported the late spring.
Liu Zhidan was well-known as
A good officer in the army.
He distributed landlords' properties to the poor,
But he left nothing for himself.

The sixth month was the hottest,
And summer harvest was around the corner.

---

① 倒算:反攻。
② 连锅端:彻底消灭。

火红的旗帜

Liu Zhidan wasted no time in

Leading his troops to get crops in,

And it's a great help for the peasants.

The tenth month was the coldest.

And the enemy tried to seize back their properties.

As soon as Liu Zhidan arrived,

The enemy was wiped out,

And everybody sang of it.

【翻译提示】

　　刘志丹是陕北人民的骄傲和民族的英雄,歌唱他的民歌实际上应早于《东方红》的诞生。人民用清官来称赞他和他的军队,是传统的思想观念。翻译上把"敌人完了蛋"译为"害怕"(terrified),在一开始比较合适,而把清官处理成他"一无所有"(left nothing for himself)更加准确。最后的"支援搞生产"已经在麦收里表现了,所以泛译为"大有助于农民"(a great help for the peasants),则更好。还有,第二节的"歌唱"只是译为"有名"(well-known),以便为最后一节的"称赞"留下余地。这也是翻译的艺术性要考虑的。

西北回响

3. 山丹丹开花红艳艳

一道道的（那个）山来（哟）一道道水，
咱们中央红军到陕北。

一杆杆的（那个）红旗（哟）一杆杆枪，
咱们的队伍势力壮。

千家万户（哎嗨哎嗨哟）把门开（哎嗨哎嗨哟），
快把那亲人迎进来（咿儿哟儿来吧哟）。

热腾腾的油糕①（哎嗨哎嗨哟）摆上桌（哎嗨哎嗨哟），
滚滚的米酒②捧给亲人喝（咿儿哟儿来吧哟）。

围定亲人（哎嗨哎嗨哟）热炕③上坐（哎嗨哎嗨哟），
知心的话儿飞出心窝窝（咿儿哟儿来吧哟）。

满天的乌云（哎嗨哎嗨哟）风吹散（哎嗨哎嗨哟），
毛主席来了晴了天（咿儿哟儿来吧哟）。

千里的那个雷声（哟）万里的闪，
咱们革命的力量大发展。

---

① 油糕：油炸糕，用去皮后的黍（软黄米）面蒸熟再油炸而制成的糕点。
② 米酒：小米酒，用黍（软黄米）去皮后制成，品种繁多。
③ 热炕：北方农村用土坯做的"床"，可以用柴火加热。

火红的旗帜

山丹丹的那个开花（哟）红艳艳，
毛主席领导咱打江山。

The Red Morningstar Lily in Full Bloom

Across mountains and rivers one after another,
The Central Red Army arrive at Northern Shaanxi.

Red flags fly and rifles spear into the sky;
Every army man looks so smart and strong.

Every household begins to open the door,
And shows its warm welcome to the Red Men.

Sweet fried cakes are served at the table,
And hot millet wine is poured into bowls.

Sitting around our men in our comfortable *kang*,
We talk and talk and talk without an end.

Now the sky is clear of the dense clouds,
For Mao comes to clear our way for liberation.

A flash of lightning lit the blue overhead,
And revolution gathers momentum from all around.

The Red Morningstar Lily is in full bloom,
And Mao leads our people in changing the world.

【翻译提示】

  红色经典的重译需要一些特殊的要求和一些必要的更易。红旗和枪杆子不能直愣愣地出来，红旗要飘扬，枪杆子要刺破晴天。"咱们的队伍势力壮"是整体图景，对每一个战士的就近观察可以看出他们的精明和干练。"米酒捧给亲人喝"，可以通过倒进碗里的细节来表现。"知心的话儿飞出心窝窝"，也可以改为"拉不完的话"一类陕北老乡常说的话语。"满天的乌云风吹散"和"毛主席来了晴了天"是一个层面上的意思，不如将后者改为扫清了解放的道路，更为合理。为了获得文学性，"革命的力量大发展"不如让它从雷声和闪电中获取能量和势头。"打江山"也可以改为"改变世界"，后者似乎更具有普遍的真理性。另一方面，典型的英文用法也不必忌讳，例如 Mao、the Red Men，这样可以获得经典文本在译文本中更大的可读性和可理解性。

4. 扛上土枪打游击

百灵子鸟儿漫天（棱登儿）飞，
我的（那）哥哥参加了游击队。

沙滩上（的那个）走路雪地（的那个）上睡，
辛苦不过咱游击队。

打倒了（的那个）土豪分田地，
扛上土枪打（哈哈）游（呵哦呵）击。

风吹叶儿沙沙响，
游击队呼啦啦过了山梁。

满山遍野红旗扬，
榆木炮[①]打得敌人无处藏。

"叭啦鞭儿"机枪叭啦啦啦啦响，
游击队把敌人消灭光。

咱们的游击队打了胜仗，
我给游击队哥哥把胜利的歌儿唱。

---

① 榆木炮：一种土炮。

西北回响

Guerillas with Homemade Guns

Lark sparrows fly high in the sky,
My lover has gone and joined the guerillas.

They march through the desert and sleep in the snow,
Hard life is theirs and the way is typical of the guerillas.

They destroy the landlords and distribute their land,
More people join the guerillas with their homemade guns.

A gust of wind blows and the tree leaves make a noise,
A signal reporting that the guerillas climb over the mountain ridge.

Red flags fly all over the mountains and valleys;
The enemy retreats, nowhere to hide themselves.

Machine guns and elm guns crackle one after another
Till the enemy is wiped out to the last person.

The guerillas fight bravely and win the battle;
I sing my lover a song to celebrate their victory.

火红的旗帜

【翻译提示】

对于歌词来说,许多重复多半是为了押韵的效果,而在翻译时却要避免重复,或者说要使相似的词语变得有意义。译文采用了一些变通的手段,基本实现了这一目标。另一方面,在加强上下句的逻辑关系方面,也要下一点工夫。例如,将打土豪分田地在结果上和更多的人参加游击队相联系,将风吹树叶的声音作为信号和游击队过山梁的动作相联系,将"榆木炮"移下来同"机枪扫射"和"把敌人消灭光"用时间相联系等。在总体上,则将"带土枪的游击队"作为一个标题和主题加以突现,而不是强调中文原来的"扛上土枪打游击"。

5. 横山里下来些游击队

对面（价）沟里流河水，
横山里下来些游击队。

一面面（的个）红旗硷畔上插，
你把咱们的游击队引回咱家。

滚滚的（个）米汤热腾腾的（个）馍，
招待咱们的游击队好吃喝。

三号（的个）盒子[①] 红绳绳[②]，
跟上我的哥哥闹革命。

你当兵来我宣传，
咱们一搭里闹革命多喜欢。

红豆角角熬南瓜，[③]
革命（得儿）成功了再回家。

[①] 盒子：盒子枪，驳壳枪。
[②] 红绳绳：相当于红缨子，拴在枪把上做装饰用。
[③] 红豆角角熬南瓜：当时部队的伙食。这里的"熬"暗示了部队的艰苦生活。

火红的旗帜

Guerillas Come Down from Mount Hengshan

We see a flood flowing in the valley before our eyes,
And guerillas coming down from Mount Hengshan;

And red flags flying in the yards outside our cave houses,
And inside our cave houses we sit with our soldiers.

Millet porridge and newly steamed buns are served,
And we treat our army men to a good meal and drink.

See, their Mauser pistols shining with red tassels,
And I follow up the guerillas in making the revolution.

Some take up arms, some, megaphones.
And we all enjoy this life of collectivism.

Fresh kidney beans cooked with pumpkins we eat,
And we won't return until the revolution is victorious.

【翻译提示】

　　译文的更易不是归化或异化的同一说法或做法，而是一种新的翻译理念的实现过程的真实体现。洪水象征游击队较之一般河水要好得多。屋子或窑洞内外的空间分隔和分头描写不仅集中表现了画面的焦点，而且顺便很好地解决了"硷畔"的翻译问题。当兵与宣传，可以具体到拿起武器和操起喇叭筒，抽象的"闹革命多喜欢"可以通过习惯集体生活而变得真实可感。为了达到革命的感召，让人们接近那个濒于消失的时代和生活，才是翻译的最大的艺术真实。

6. 我送哥哥去当兵

我和哥哥对对门①,
同吃一水长(呀么)长成人。

受起苦(来)紧相跟,
受苦人恩爱情意深。

我送哥哥去当兵,
跟上红军干(呀么)干革命。

绣疙瘩手巾表心情,
海枯石烂不(呀么)不变心。

但愿哥哥不要牵心②,
早晚盼你庆(呀么)庆功信。

革命成功你回家中,
红旗下面来(呀么)来成亲。

---

① 对对门:对门邻居。
② 牵心:牵挂,担心。

I'll See You Off to the Red Army

You live in a house facing mine,
And we've grown up by the same river.

Life is miserable for us working people,
Out of poverty grows our affection.

Now you're going to join the Red Army,
And I'll see you off—for the revolution.

Take this self-made embroidered handkerchief,
And we're engaged and our hearts will never change.

I hope you'd not be worried about me, my dear.
And I expect a message of great merits from you.

We will get married the day you return:
The red banner will be our best token.

【翻译提示】

　　集中表现主题思想的标题，在翻译中处理成两个相关的命题，而不是原文的一个"送"字了得。第二节的"恩爱情意深"一类的话，因为是说童年生活，为时过早。"紧相跟"也几成套语。因此这一节处理成"劳苦人的命运悲惨，/ 从苦根里生长出阶级情谊"(Life is miserable for us working people, / Out of poverty grows our affection.)。"海枯石烂"一类套语也在避免之列，"红旗下面成亲"的说法只是"革命成功"的象征，故而译为"The red banner will be our best token."（红旗就是我们最好的见证）。这样一来，从思念到见面或回家成亲这一类套路式的结构，就获得了一个新颖的主题解决——在表现形式上，避虚就实和以虚养实便是翻译的两个彼此相依的手法了。

7. 当红军的哥哥回来了

听见（那个）下川马蹄响，
扫炕（的那）铺毡换衣裳。

鸡娃子儿叫来狗娃子儿咬，
当红军的哥哥回来了。

头戴（那个）军帽身穿灰，
骑马（的那）背枪看妹妹。

羊肚子手巾三道道蓝，
哥哥（的那）跟的是刘志丹[①]。

军号（那个）吹的嘀嘀哒，
哥听（的那）妹妹一句话。

红豆（那个）角角熬南瓜，
革命（的那）成功再回家。

---

① 刘志丹：参见 239 页注释。

My Red Army Man Is Back

When there comes the clatter of a horse's hoofs,
I at once make the bed and change into new clothes.

Then crows of cocks and barks of dogs I hear,
And I know my Red Army man is back.

Look, he is on horseback, carrying his long rifle,
So smart in his light blue army uniform and cap.

A towel has three blue strips for decoration,
Liu Zhidan is the leader of the army of my man.

Amid the bugle horn which is singing lively,
Let my voice be heard by my army man lover:

Fresh kidney beans are cooked with pumpkins;
You'll sure come back when revolution is victorious.

【翻译提示】

  与原文相比,译文更倾向于从妹妹角度来叙事和抒情。前两节是动作准备和来临前的预感。译文用拟声词(马蹄声)和动作省略(铺毡)来表现第一节内容,用心理独白和确认(I heard / I know)来证实自己的直觉感悟。第三、四节是形貌描写和进一步的心理骄傲的表示,译文增加"看哪"(look)的提示并展示具体的细节来细腻地刻画形象。最后两节是离别和嘱咐的话语,用了少见的祈使句式来加强语气。只是最后一节的"熬"的双重意味——熬食物的"熬"和熬日子的"熬"——无法兼顾了。

8. 寻汉要寻八路军

吃菜（哟）要吃白菜心（哝儿来吧哟），
寻汉①（我）要寻一个八路军（哟），
名望实在好。

三号号盒子红缨缨（哝儿来吧哟），
小哥哥出发要打日本（哟），
小妹子送出村。

枣溜溜②（的）马儿（哟）银鬃鬃（哝儿来吧哟），
胸前你又挂上望远镜（哟），
哥你多威风。

哥哥你放心上前线（哝儿来吧哟），
小妹子后方闹生产（哟），
胜利了再见面。

The Eighth Route Army Man I Love the Best

Take the Chinese cabbage and its center is the best,
And the Eighth Route Army man I love the best
For he is the best known and known the best.

---

① 寻汉：找男人，嫁人。
② 枣溜溜：枣红色。

Take the Mauser pistol and red tassels look the best,
And to fight the Japs the army man set out best,
And seeing you off the village I feel the best.

Mount the red horse and its silvery mane is the best,
And my man bears a pair of binoculars on his chest,
And how smart he looks all the best!

Go to the battlefield and take care of yourself the best,
And I will go in for crop-growing and do my best,
And the day of victory we'll see the best!

【翻译提示】

　　陕北民歌信天游中多用两行一节的结构,三行一节的形式不常见。这是一个特例。译文采用一种极为特殊的结构来处理基本的信息,包括两个方面:其一,几乎每一个句子都使用了 the best,而且往往放在结尾部分,造成一种机智和极致状态;其二,各节的开头均采用 take 等动词结构统摄整个诗节。这样,所有内容的出现都被置于严肃的对待中,而且通过后继的 and 连接链,"兴"的部分和实际的表述部分完全统一在一处关照里了。由于在语言结构上采用一种具有表达力的选择性的组合结构,这首诗歌的翻译由此而获得了一种奇妙的艺术感染力。

9. 翻身道情[1]

太阳一出来(哎嗨哎嗨……)满山红(哟哎嗨哎嗨呀),
共产党救咱翻了(哟嗬)身(哎嗨呀)。

旧社会咱们受苦的人是人下人(哎嗨哎嗨呀),
受欺压一层又一(哟嗬)层(哎嗨呀)。

打下的粮食地主他夺走(哎嗨呀),
做牛马,受饥寒,怒火难平(哎嗨呀)。

毛主席领导咱闹革命[2](哎嗨呀),
受苦人出苦海见了光明(啦哎嗨呀)。

往年咱们眼泪肚里流(哎嗨哎嗨呀),
如今咱站起来做主(哟嗬)人(哎嗨呀)。

天下的受苦人是一家人(噢哎嗨哎嗨呀),
大家团结闹翻(哟)身(呀),
(哎嗨哎嗨咿呀哎)大家团结闹翻身。

---

[1] 翻身道情:陕北道情是一种曲艺演唱形式,由民歌和说书演变而来,有地摊坐唱和舞台表演两种形式,又分为东路、西路、北路和翻身道情等多种流派。

[2] 闹革命:一谓"平分土地",即土地革命。

西北回响

A Song of Liberation

The sun is rising and the mountains are red.
The Communist Party helps us gaining freedom.

It was in the old society of China
That we poor people were deeply oppressed.

The landlord seized every grain of our crops;
We worked hard but led a dog's life.

Chairman Mao leads us in the Land Reform,
And we have got out of the sea of misery.

In the past we could do nothing but shed bitter tears,
And today we stand up as a man of independence.

The poor people in this world are of one family,
And let us unite and win our liberation,
(Aihai-aihai-aihaiya) and win our liberation.

【翻译提示】

　　道情也是一种民间演唱形式，一般具有某种劝善作用。这首《翻身道情》显然是创作歌曲，只有第一节运用了兴的手法，而且是常见的太阳红的兴的手法，其余各节都是流水对，或叙事或说理，缺乏形象性。因此，翻译基本上是语义翻译，而且有节略，例如第三节只选取"做牛马"，将它翻译为"过着狗一般的生活"（led a dog's life），第四节的"出苦海见了光明"省去了"见了光明"。第五节的"做主人"译为"像人一样站立起来"（stand up as a man），而不采用一般常见的译法。同理，"闹翻身"译为"争取解放"（win our liberation）。而"闹革命"，一作"平分土地"，则直接采用"土地改革"（the Land Reform）的政治词汇，以便营造历史的真实感。

10. 自由结婚

太阳出来遍地红,
革命带来了好光景。

崔二爷在时就像大黑天,
十有九家没吃穿。

穷人翻身赶跑崔二爷,
死羊湾变成了活羊湾。

灯盏里没油灯不明,
庄户人没地种就像没油的灯;

有了土地灯花亮,
人人脸上发红光。

吃一嘴黄连吃一嘴糖,
王贵娶了李香香。

男女自由都平等,
自由结婚新时样。

Marriage of Free Choice

The sun casts brilliant light onto the earth,
And the revolution brings good days.

The Landlord Cui threw us into darkness;
Nine out of ten households had neither food nor clothes.

Now the poor have got free and driven him away,
And the Dead Goat Bend Village has turned alive.

Without oil, lamps can't send off light,
Without land, farmers can't grow crops.

Now that we have land and light,
Everyone's face is happy and bright.

Sweet tastes sweeter after something bitter;
When Wang Gui finally married Li Xiangxiang.

Both man and woman enjoy freedom and equality,
And Marriage of Free Choice now becomes a fashion.

【翻译提示】

　　《自由结婚》是长篇叙事诗《王贵和李香香》的第四部分。作者李季是延安时期的著名诗人。原诗仿照陕北信天游的形式进行创作，批判了旧社会的黑暗，歌颂了新社会的自由婚姻和新生活的光明。该作品产生过一定的影响。兴的部分采用了暗喻的翻译方法，或者逻辑类比法，如第一节和第六节，而原文过多的明喻在翻译中也有变通处理，例如第二节和第四节。第五节的比兴翻译运用了合并处理，最后一节的陈述性翻译则有所节略。

11. 送公粮

翻过了（那个）一架架山，走过了一道道梁。
吆①上我的（那个）毛驴驴去送公粮。

把公粮（那个）送在前线上，
支援咱们的解放军多打老蒋②。

咱边区（那个）人民热爱子弟兵，
送公粮（那个）支援前线表一表咱们的心。

Delivering Tax Grain

I go over hills and dales all the way,
And my donkey is loaded with tax grain.

I transport grains to the battlefront,
So the P.L.A. men fight Jiang's troops.

We people of the Border Area love the P.L.A.,
And this is the way of supporting our army.

---

① 吆：吆喝（牲口），赶（牲口）。
② 打老蒋：消灭蒋介石的部队。

【翻译提示】

　　标题"送公粮"用了通行译法，而正文里的"人民子弟兵"直接还原为"人民解放军"的英文缩写 P. L. A.，"边区"则用全称。由于"前线"前面已经提到，最后一节的"支援前线"便改为"支援我们的军队"，同时弥补了前一句的"人民子弟兵"的别样处理。总之，翻译须胸有全局，照顾整体效果，不能拘泥一字一句的得失。

12. 南泥湾

花篮的花儿香,
听我来唱一唱,唱一(呀)唱。
来到了南泥湾①,
南泥湾好地方,好(呀)地方。
好地方(来)好风光,
好地方(来)好风光,
到处是庄稼,
遍地是牛羊。

往年的南泥湾,
处处是荒山,没(呀)人烟。
如今的南泥湾,
与往年不一般,不(呀)一般。
如(呀)今的南泥湾,
与(呀)往年不一般。
再不是旧模样,
是陕北的好江南。

陕北的好江南,
鲜花开满山,开(呀)满山。

---

① 南泥湾:陕甘边区闹生产时的典型地段,原来是荒山野谷,经过部队开荒种田,变成了陕北的江南。

西北回响

学习那南泥湾，
处处是江南，是（呀）江南。
又战斗（来）又生产，
三五九旅①是模范。
咱们走上前，
鲜花送模范。

Nanniwan

How nice the flowers here smell!
How well my singing voice can tell!
We've come here to Nanniwan,
And it's a good place,
A good and nice place.
A good and nice place.
Crops grow well in the fields,
The cattle roam over the slopes.

But Nanniwan was poor in the past;
You saw bare mountains everywhere.
And today Nanniwan is different,
Quite different from the past.
Its old look is forever gone,

---

① 三五九旅：王震领导的三五九旅开进南泥湾，开荒种地，丰衣足食，解决了部队和机关的吃穿问题。

And a new look is put on.
It doesn't look like a place in North China;
It looks like a South-China scene.

It looks like a South-China scene,
And you see flowers everywhere.
If we all learn from Nanniwan's example,
Then a South-China scene will be seen everywhere.
A brilliant working model is Brigade 359,
That is a unit of both fighters and farmers.
Now let us just go up to this Brigade,
And present fresh flowers to our heroes.

【翻译提示】

　　《南泥湾》也是红色经典歌曲，是当年开荒生产运动中创作和演唱，献给三五九旅的。从歌词本身"鲜花送模范"就可以看出表演的现场性，不过，这一句译为"鲜花送英雄"，因为"模范"在英语中不常用，只作为学习的对象比较顺一些。还有，"又战斗又生产"直接译为"战斗和务农单位"，不一定用"生产者"这种经济学词语。同样，"江南"也不是具体地名，而是和"北方"相对应的南方景色。至于"到处是庄稼，遍地是牛羊"，则要译得生动些，即消除"是"字的抽象性——这是英文写作所要求的。

13. 想延安

山丹丹开花红艳艳,
咱陕北有个好延安。
好延安里红彤彤,红彤彤,
住着朱德、毛泽东。
(啊哎嗨呦哎嗨呀)
住着朱德、毛泽东。

毛泽东(哩)朱总司令,
领导咱们闹革命。
闹革命救中国,救中国,
普天下同唱解放的歌。
(啊)普天下同唱解放的歌,
解放的歌。

Thinking of Yan'an

How red is the morningstar lily in bloom,
And Yan'an in Northern Shaanxi!
And how is it that Yan'an is so red?
For Mao Zedong and Zhu De are there.
For Mao Zedong and Zhu De are there.

Mao Zedong and Commander in chief Zhu De,
Lead us in making the revolution.
Making the revolution to save the nation,
And China sings a song of liberation,
And China sings a song of liberation.

【翻译提示】

在创作型民歌中,为了避免抽象而进入具体,"好延安"直接译为"红延安"。这样可以省下一句篇幅,所以第三句译为疑问句,使得整个篇章在语气上活了起来。另外一点要注意的是"普天下同唱解放的歌"。考虑到这里的"普天下"指的实际上只限于中国,所以直接译为"中国",以免过于泛化。

14. 绣金匾

正月里闹元宵,
金匾绣开了。
金匾绣咱毛主席,
领导的主意高。

二月里刮春风,
金匾绣得红。
金匾上绣的是
救星毛泽东。

一绣毛主席,
人民的好福气,
您一心为我们,
我们拥护您。

二绣总司令,
革命的老英雄,
为人民谋生存,
能过好光景。

三绣周总理,
人民的好总理,
鞠躬尽瘁为革命,
我们热爱您。

Embroidering Red Banners with Golden Inscriptions

The first month sees the merry Lantern Festival,
We embroider red banners with golden inscriptions.
The inscriptions first speak in praise of Mao Zedong,
Who is a good leader with good ideas for the country.

The second month blows the strong wind of spring,
And we embroider red banners with best patterns.
The patterns are made in praise of Mao Zedong,
Who comes forth right to help save the nation.

So first, we embroider Mao, the Chairman.
Who comes forth to improve people's well-being.
You serve the people whole-heartedly,
And the people love you with one heart.

Second, here comes Zhu De, the Commander,
Who is an old hero of the revolutionary army.
What you do is all for the benefit of the people,
So that the people will live a better life.

Thirdly, let's have Zhou Enlai, the Premier,
Who is the best Premier of the Chinese people.
To the revolution you work with utter devotion,
And we Chinese people have special love for you.

【翻译提示】

　　在几位主要革命家相继逝世的 1976 年，延安时期的老歌唱家郭兰英含泪演唱的一曲《绣金匾》，曾再一次感动了不少人。这首民歌的结构是自由的，甚至有些随便，所以翻译要处理一些过分随意和重复太多的说法，例如前三节都在歌颂毛泽东主席，措辞上要有区别才好。实际上就结构而言，从第三节开始，才正式进入三位领导人的歌颂，所以在结构上，前两节不过是引子而已，措辞上要有别于正文。另外，我们知道，金匾是红底金字，所以"金匾绣得红"一句就必须变通。只有这样，绣金匾的活动和金匾的形象才能不矛盾，而且有意义。这是基本事实层面的东西，翻译则要同时符合历史和艺术规律。

第九部分 | PART NINE
走进 | ENTER INTO
新时代 | A NEW AGE

1. 黄土高坡

我家住在黄土高坡,
大风从坡上刮过。
不管是西北风还是东南风,
都是我的歌,我的歌。

我家住在黄土高坡,
日头从坡上走过。
照着我的窑洞晒着我的胳膊,
还有我的牛跟着我。

不管过去了多少岁月,
祖祖辈辈留下我,
留下我一望无际唱着歌,
还有身边这条黄河。

(啊)我家住在黄土高坡,
四季风从坡上刮过,
不管是八百年还是一万年,
都是我的歌,我的歌。

西北回响

Loess Plateau, My Home!

Loess Plateau, My home!
Wild wind blows over the plateau.
Wild wind, you're my singing, my song,
Whether it's northwestly, or southeastly,
    The wild wind blows along.

Loess Plateau, My home!
The sun moves over the plateau.
It shines over my cave dwelling and my arms,
And my cow follows me around,
    My cow follows me around.

No matter how many years have passed,
My forebears have left me, left me,
And left me here singing this song,
And the Yellow River flows by,
    The Yellow River flows by!

Ah! Loess Plateau, my home!
Seasonal winds blow over the plateau.
Wild wind, you are my singing, my song,
No matter how many more years to go along,
    And how many more years to go along!

走进新时代

【翻译提示】

在新时代来临的时候，一曲《黄土高坡》（陈哲作词）曾经激动过不少年轻人。在风云变幻的世界里，历史的沧桑感和现实的虚幻感交织在歌声中。这歌声又不无豪迈和幼稚，令人陶醉和思索。标题的翻译不难，"黄土高原，我的家"（Loess Plateau, My Home!），也许就是最合适的标题翻译了。第一节在一瞬间换用了直接呼唤狂风的角度，说明一种暧昧和过度。同样的情况，在最后一节也有，而且也有诗行位置的调换，从而改变了诗节的落点，因为一节"啊啊啊啊"的压缩，以及开口长元音作为落尾，都是翻译歌词时要考虑的因素。唯一破格的是每节由原来的四行扩充为五行，照顾到了语义的完整，但歌唱性难以顾全。

西北回响

2. 信天游

我低头，向山沟，
追逐流逝的岁月。
风沙茫茫满山沟，
不见我的童年。

我抬头，向青天，
搜寻远去的从前。
白云悠悠尽情地游，
什么都没改变。

大雁听过我的歌，
小河亲过我的脸。
山丹丹花开花又落，
一遍又一遍。

大地留下我的梦，
信天游带走我的情。
天上星星一点点，
思念到永远。

Wandering Chants

I look down into the valley
To recall the wonderful days gone by;
And I see sandstorm everywhere,
But not my childhood.

I look up into the sky
To seek for meaningful stories of man;
And I see wandering white clouds,
But not real change of life.

Wild geese once heard my singing,
Winding river once kissed my face.
Morningstar lilies come in bloom year after year.
And then forever fall, and fall again.

The great earth accepts my dream;
Wandering chants carry on my good wishes.
Only the stars twinkle in the night sky
That seems to symbolize eternity.

【翻译提示】

《信天游》(刘志文作词)不是一首歌,而是一种回忆和向往,一种调节和寄托,在西北风又一次成为时尚的时候。歌词的流畅和欢快,掩盖了深沉的思索和淡淡的忧伤,追求永恒在望星空中,思索现在和过去一样的原因而不得,令人困惑。翻译把"远去的从前"改易为"人类历史的意义"(meaningful stories of man),加重了厚重感。"山丹丹花开"一次而落下(And then forever fall, and fall again),既有互文性套用,也有改版的新异。大地接受的是梦境,信天游带走的是希冀,永恒的记忆和寄托只在星空中,在历史文本的花样翻新中。

3. 回延安（节选）

一

心口呀莫要这么厉害地跳，
灰尘呀莫把我眼睛挡住了……

手抓黄土我不放，
紧紧儿贴在心窝上。

——几回回梦里回延安，
双手搂定宝塔山。

千声万声呼唤你，
——母亲延安就在这里！

杜甫川唱来柳林铺笑，
红旗飘飘把手招。

白羊肚手巾红腰带，
亲人们迎过延河来。

满心话登时说不出来，
一头扑在亲人怀……

二

——二十里铺送过柳林铺迎,
分别十年又回家中。

树梢树枝树根根,
亲山亲水有亲人。

羊羔羔吃奶眼望着妈,
小米饭养活我长大。

东山的糜子西山的谷,
肩膀上的红旗手中的书。

手把手儿教会了我,
母亲打发我们过黄河。

革命的道路千万里,
天南海北想着你……

Coming Back to Yan'an (Excerpts)

1

Beat slowly, slowly, my heart, oh—
Away the dust, and let my eyes be clear.

走进新时代

Holding a handful of earth tight,
Tightly I press it on my breast.

For I've seen you in my dreams, Yan'an,
And I embrace you in my arms, the Sacred Tower.

And I've called many a time, Yan'an,
My mother, now you're here, with me!

Dufu Chuan and Liulin Pu are singing and dancing,
And red flags and banners flying and waving to me.

Look, with white towels and red waist belts —
My dear folks are running to me across the Yan River.

I have so much to say but am chocked with tears
Before I throw myself into the arms of my dears.

2

Seen off in Ershili Pu and welcomed in Liulin Pu,
After ten years I've now returned home, my home.

Treetops and tree trunks and tree roots —
Home hills and home rivers and home folks!

A sucking lamb is gazing at the Mother-lamb;
Millet-rice here nourished me and I have grown up.

On the hills east and west, crops grow the best.
On our shoulders we carry red flags with books in hands.

Mother, my great teacher, you taught me,
And then sent me across the Yellow River.

So far and wide goes the road of revolution
That I always think of you wherever I go in the world.

【翻译提示】

  著名诗人贺敬之的《回延安》，是模仿陕北信天游形式创作的一首诗。作者对延安和革命的直接体验和回延安的激动，保证了诗歌创作的成功，而且有打动人的感情效果。译文在整体上采用积极模仿的表现手法，力求再度体现出原作的神韵和感情，同时增加一定的指示词语，将今日读者带到一个可感可歌的艺术境地。象征的手法姑且不论，在原文唱和笑的地方，采用唱和舞的扩张进行翻译，在"满心话登时说不出来"的时候，译文添加"眼泪"进行表达。像"树梢树枝树根根／亲山亲水有亲人"这样的特殊创作句子，也运用对应的重复结构来强调和比兴（Treetops and tree trunks and tree roots － / Home hills and home rivers and home folks!），基本上传达了一代革命诗人对于圣地延安的复杂而质朴的感情。

4. 红兜兜

合：走不完的大马路，
　　看不完的大高楼。
男：哥哥我进城来打工，
女：哥哥你进城来打工，
男：我戴着个红兜兜。
女：你戴着个红兜兜。

女：哥哥你打工走，
　　小妹妹我在心里愁。
　　大风沙吹了我的红脸蛋，
　　哥哥你不在谁给我揉？

男：哥哥我打工走，
　　小妹妹你为我忧。
　　泪花花湿了你的大眼睛，
　　哥哥我心里不好受。

女：哥哥你打工走，
　　小妹妹拉住你的手。
　　送给你我绣的红（呀）红兜兜，
　　山高水远你在我心头。

男：哥哥我打工走,
　　小妹妹你不要拉住我的手。
　　戴上了你绣的红（呀）红兜兜,
　　就像妹妹跟在我身后头。

　　闯不完的天外天,
　　看不够的楼外楼。
　　天南海北我敢闯,
　　戴着你给我的红兜兜。

　　走不完的大马路,
　　看不完的大高楼。
　　哥哥我进城来打工,
　　我戴着个红兜兜。

男：（嘿哟）我的小妹妹,
女：（嘿哟）我的好哥哥,
男：你就跟在我的身后头。
女：我就跟在你的身后头。

A Red Singlet

M&W: So long are the broad ways!
　　　So tall are the buildings!
　M: I'm here working in town.
　W: You're there working in town.

走进新时代

M: With a red singlet on.
W: With a red singlet on.

W: You're going to work in town,
    I'm so much worried.
    Who would help me then,
    When wind blows hard again?

M: I'm going to work in town,
    You look so worried.
    Your face is wet with tears,
    And I feel sorry for you.

W: You're going to work in town,
    I hold up your hands.
    I give you a red singlet,
    And I'll remember you.

M: I'm going to work in town.
    Please let me go.
    I'll wear your red singlet
    So that I'm always with you.

    Wherever I go
    Whatever I do,
    I have your red singlet on,

And everything goes along!
So long are the broad ways!
So tall are the buildings!
I'm working in town
With a red singlet on.

M: Hey, my sweetheart.
W: Hey, my sweetheart.
M: Everywhere you'll be with me.
W: Everywhere I'll be with you.

【翻译提示】

　　在新的一代打工族那里,《绣荷包》已经有一点不合时宜,因而变成了《红兜兜》。面对现代城市生活的摩天大楼、柏油马路,红兜兜也显得羞涩而突兀。作为原型的《走西口》里的缠绵见短了,浮躁的情绪上升了,而且加上有南方口音,都市情怀、小资情调,溢于言表。这样,欠额翻译的情况就出现了。大风沙吹脸"谁给我揉"的肉麻,要减去一些。"天外天和楼外楼"一类话语,在外文里变得抽象难懂。连同"天南海北我敢闯"一类信誓旦旦,也觉得不太实在。泪花湿眼变成泪湿脸,"山高水远"只不过是我永远记得你而已。只有大马路借用了一点百老汇(Broadway)的遗响,令人在思索现代大都市之余,再想起一些别的什么。

5. 包楞调

月亮（的儿那个）出来了白楞楞，
太阳（来）出来了一（呀）天红。
葵花朵朵向太阳，
条条（的个）大路放光明。
（大家来哎，唱歌了，
　紧那个包楞姐来
　送给大家的紧那个包楞楞。）

棉花桃（那个）开花来白楞楞，
高粱（来）结籽（来）一呀地红。
粮棉丰收好个景，
家家（那个）户户挂红灯楞楞。
（二姐来哎，唱歌了，
　紧那个包楞姐来
　送给大家的紧那个包楞楞。）

一对对（那个）飞鸽来白楞楞，
百花（来）开放（来）万紫千红。
五谷丰登好收成，
万众（那个）奔向锦绣前程。
（二姐来哎，唱罢了，
　紧那个包楞姐来
　送给大家的紧那个包楞楞。）

A Click-clicky Song

The Moon rises, so white, so white.
And the sun rises, so red, so red.
Sunflowers each faces the sun,
They shine along every road.
(Everybody, come and sing,
 And the singer is Miss Click,
 Who'll sing us a click-clicky song.)

Cotton blooms are so white, so white.
And sorghum ears are so red, so red.
A bumper harvest is in view,
Red lanterns hang over every gate.
(Miss Click is now coming to sing,
 And the singer is Miss Click,
 And she sings us a click-clicky song.)

A couple of pigeons fly, so white, so white.
A hundred flowers in bloom, so red, so red.
A bumper harvest is in view,
And to our bright future we go.
(Miss Click has finished her singing,
 And the singer is Miss Click,
 And she sings us a click-clicky song.)

【翻译提示】

　　包楞调是一种以"楞"音连续作拖腔的民歌曲调,它的演唱性极强,而且有号召力。翻译不能完全传达各个细节的语音游戏的妙处,但可以在总体上和关键部分予以传达。首先在标题上,根据英文发音习惯设置了拟声歌(A Click-clicky Song),在每节正文的括号里,实际上是演出提示,其中包楞姐(Miss Click)的设计和出场,包括演唱与结束,作为点睛之笔,贯穿于全歌词的始终。正文部分其他内容,有的借助冠词造成统一性,有的借助重复形成口语化,细微末节,就不一一列举了。

6. 想情郎

杏花村有个姑娘名叫彩霞,
彩霞她会种地又会绣花。
绣得那个人会笑,水会流,
绣得那个鸟会飞,鱼儿会游。

张彩霞把绣花线手中拿,
不知在手帕上该绣些什么?
一不能绣那送子菩萨,
二不能绣那富贵奢华。

左思右想,彩霞把主意拿,
绣一幅农村的新图画。
天空的彩霞放红光,
河岸上坐一位好姑娘。

姑娘两眼把河水望,
鱼儿笑眼望姑娘。
树上的喜鹊喳喳叫,
它笑姑娘想情郎。

你问这画儿叫什么名?
你问这姑娘的名和姓?
姑娘名叫张彩霞,
画儿叫小妹想情郎。

走进新时代

Embroidering a Love Story

There is a girl named Zhang Caixia,
Who lives in the Apricot Village.
Who is good at farming, and
Her Embroidery skill is special.

The figure she embroiders smiles,
The river she embroiders flows,
The bird she embroiders flies,
And the fish she embroiders swims.

Now Caixia gets ready to work,
But knows not what to embroider.
For one thing, no more Bodhisattva;
For another, no more billionaire.

And now she has made up her mind
To embroider a picture of new country life.
The sky is brilliant with rosy clouds,
And a girl is sitting by the river.

She is gazing at the river,
A fish is gazing at the girl.
Birds in the tree sing merrily,
Teasing her for her love story.

How do you name this picture?
How do you name the story?
The picture is about a love story.
And the girl is Zhang Caixia herself.

【翻译提示】

　　严格说来，《想情郎》是陕北的碗碗腔，属于一种小戏，但在演唱上也有陕北民间的味道。从内容上来说，它是一个叙事性的故事，反映的是新农村的新气象，而在主题上仍然属于爱情故事，也可以说是旧版民歌《想情郎》的翻版。鉴于这样一些情况，英文的翻译在标题上采用了概括化处理，译为"Embroider a Love Story"（绣一个爱情故事）；相应地，在歌词中也贯穿了一种故事化的叙事式处理。一是简化一些多余的东西，突出绣的内容（如第二节），二是发挥内在的审美趣味，重建人和景物互动的民间世界格局（如第四节）。

7. 十五的月亮十六圆

十五的月亮十六圆。
要想收获先种田,
要想登山先探路,
要想致富得开财源。
只要像蜂群不偷懒,
何愁秋后蜜不甜!

十五的月亮十六圆。
要想饮水先挖泉,
要想唱歌先对调,
要想恋爱可得多交谈。
生活的路(啊)有苦也有甜,
美好的前程走(呀)走不完。

The Mid-month Moon Is Round

The mid-month moon is round.
But wait a minute, and listen:
You grow crops before you harvest the grain,
And you find the way before you climb up the hill,
And you collect funds before you open up a business.
If you work as hard as a bee,
Life will be as sweet as honey.

The mid-month moon is round.
But wait a minute, and listen:
You dig up the well before you drink from it,
And you set the tune before you sing a song,
And you get along well before you enjoy love.
Life is a road lined with roses and thorns,
And you walk through them into the future.

【翻译提示】

"十五的月亮十六圆",是自然现象的真理,但在诗歌或歌词中无须如此复杂,只须处理成"一月之半的月亮圆"就可以了。但是,这样一个起兴和下文的劝告性语言很难直接连接,需要一个功能上的过渡,于是翻译多出一句"But wait a minute, and listen"(可是,请等一等,听一听),来启示下文,问题就迎刃而解了。下面的语言在逻辑上采用 before 结构,说明条件与结果,在选词上则力求形象化表达。后者的例证如"生活的道路有苦也有甜",英文采用玫瑰和荆棘的意象,化平淡为新鲜,可以说效果不错。

8. 就恋这把土

就是这一溜溜沟沟,
就是这一道道坎坎,
就是这一片片黄土,
就是这一座座秃山,
就是这一星星绿,
就是这一滴滴泉,
就是这一眼眼风沙,
就是这一声声嘶喊;
哦,这一声声嘶喊
攥着我的心,
扯着我的肝,
记着我的忧虑,
壮着我的胆。

就恋这一排排窑洞,
就恋这一缕缕炊烟,
就恋这一把把黄土,
就盼有一座座青山,
就盼有一层层绿,
就盼有一汪汪泉,
看不到满眼眼风沙,
听不到这震天的呼喊;
哦,这震天的呼喊

西北回响

> 暖暖我的心,
> 贴贴我的肝,
> 抖起我的壮志,
> 鼓起我的胆。

How I Love This Land

Alas! Look at this—
These dry valleys and ridges,
These bare mounds and hills,
The poor land of Loess Plateau,
With so few spots of green,
And so few drops of rain,
Sandstorms strike my eyes,
And sad cries strike my ears.
But all these and others here
I care and love
So much
And more!

How I love
All these rows of cave dwelling,
And the clouds of smoke from cooking!
How I expect a change
That all these mounds turn green,
And water fills all the dried-up river beds again;

Sandstorms will be no more seen,

Sad cries will be no more heard.

And the very thinking of these

Makes me encouraged,

And determined,

And fascinated!

【翻译提示】

作为根据路遥作品改编的电视剧《平凡的世界》的插曲,《就恋这把土》(张黎作词)很深情,很沉重。大段的细节铺陈和略嫌整齐的行进序列,有点压抑多于舒展的感觉。英文采用高屋建瓴的翻译策略,先是横空建造一个感叹和"看哪",然后引出一系列的景色和感受。层次井然,秩序俨然。在将各种现象归入感觉之后,上阕的"心、肝、忧虑和胆",译文加以彻底地外化而为"所有这些以及其他一切 / 我在乎,我热爱 / 极甚 / 更甚!"(But all these and others here / I care and love / So much / And more!);而下阕最后的"心、肝、壮志和胆",则根据需要直接处理成"所思所想的这一切 / 鼓励我 / 坚定我 / 陶醉我!"(And the very thinking of these /Makes me encouraged, / And determined, / And fascinated!)。其根本的立意原则,就是避免肉欲化的说法,免除解剖学的效果,而把它心理化。

第十部分 唱不完的信天游

Part Ten Wandering Chants Forever

唱不完的信天游

1. 学会唱山曲儿解心宽

满天那个星星半截儿月,
什么人留下这唱山曲① 儿。

不唱那个三声唱上两声,
叫人家还说咱没出过门②。

唱山曲儿容易选调调③ 难,
学会那唱山曲儿解心宽④。

山曲那个好比续根根草,
想唱那个多少呀有多少。

Folk Songs, My Entertainment

Look yonder, stars twinkle and the moon wanes,
And who is the first folk who teaches a folk song?

I can sing more than three but I'll try to sing just two,
For no singer is a man who knows the world so little.

---

① 山曲:山歌,酸曲。
② 没出过门:没见过世面。
③ 选调调:找调儿。
④ 解心宽:解忧愁,娱乐。

It's easier to sing a song than to set the tone,
But to sing is to entertain oneself, you know.

Singing grows like grass, roots joining roots.
Whenever you want to, just go ahead and do it.

【翻译提示】

　　标题的翻译不能死译,"学会"一类说教性词语千万不要出来,让学会的理由在第二节里流露出来(会唱歌是见多识广的象征),而"解心宽"则是不好直译的说法,不如转换为"唱民歌,寻开心"(Folk Songs, My Entertainment)一类说法,容易理解,也好上口。这一构思,在第三节的歌词中更增加了自娱自乐的意思,和民歌的基本功能也就吻合起来了。这里的山曲不译为信天游,也是和下一首歌的区别所在。

2. 信天游永世唱不完

背靠黄河面对着天，
（哎呀）陕北的山（来）山套着山。

红崖疙岔胶泥洼，
（哎呀）谁不说这是金疙瘩（来）银疙瘩！

东山上的糜子西山上的谷，
（哎呀）咱们黄土里笑（来）黄土里哭。

山曲好比那没梁子斗[①]，
（哎呀）甚会儿想唱甚会儿[②]有。

抓上一把黄沙撒上天，
（哎呀）信天游永世也唱不完。

Let's Sing Wandering Chants Forever

  I look up at the high sky,

  And the Yellow River flows by.

---

① 没梁子斗：斗是量器，梁子是斗上的横梁，与边缘持平。
② 甚会儿：什么时候。

西北回响

Look, the mount upon mount of sand,
This is our Northern Shaanxi Highland.

Rock cliffs stand high
And clay hollows lie low;
But people say this is a bumpy place,
A bounteous place with silver and gold.

Broomcorn millet on the east hillside,
And millet grows on the west hillside.
We live on this Loess Plateau all our lives,
Sometimes cry, and sometimes laugh.

Folksongs come up one after another
Like a tub without a check-valve.
Whenever you feel like singing them,
They cry out up to your throat.

I get a handful of sand from the land,
And then throw it high into the air.
Let's sing wandering chants forever,
And our chants wandering forever fly.

唱不完的信天游

【翻译提示】

在古典诗词和一些民歌里，每一行包含两部分内容的基本结构，是潜在的，历久不变的。加之由于大容量和长抒情，这里把两行一节的结构扩展而为四行一节，作为新民歌翻译的一种尝试。关键词"陕北"，这样一个专有名词，扩充为"陕北高原"（Northern Shaanxi Highland）这样一个带有地貌特征的地理概念。第二节突出高低不平的地貌特征而立意，暗藏金银宝藏。第三节"黄土里笑（来）黄土里哭"，分解为"我们祖辈生活在这黄土高原，有时痛哭，有时欢笑"（We live on this Loess Plateau all our lives, / Sometimes cry, and sometimes laugh.）。在民间思维里，斗可以量歌，而在译文中，斗的无量阀，暗含了歌的无限多。而且你要想唱的时候，就涌上喉咙，呼之欲出。较之原文的四平八稳，译文极度夸张而且合理。最后一节，借助换位译法改组信天游，不仅返回信天游的标题，而且加强了回环不息的感觉。

3. 榆林新歌

翻过一道道山来走过一道道沟（哎），
吼上那两声信天游朝（呀么朝）前走。
人常说是铜吴堡（呀么）铁佳州（哎），
生铁铸就（绥呀么）绥德州（哎）。

要串榆林你跟我走，
横山的花炮震天吼，
神府的煤炭运九州，
三边的油气走神州，

哎哟——
桃花水酿成老榆林酒，
人人都会唱那信天游
（呀信呀么）信天游（哎）！

A New Song of Yulin

Go across mountains and over valleys one after another;
Sing aloud Wandering Chants and go further ahead.
We say Wubao rich in Copper and Jiazhou in iron,
And Suide is simply made of cast iron, aihei ...

If you are going to Yulin, just follow me:
To Hengshan that makes nice firecrackers,
To Shenfu that produces coal of high quality,
To Sanbian that is well known for gas and oil.

With water from the Peach Blossom Source we brew Yulin wine,
And everyone sings Wandering Chants in good voice,
  In good voice, aihaiyo ...

【翻译提示】

  这首《榆林新歌》原是陕北当代民歌手雒翠莲自编自唱的新歌《走榆林》，反映榆林及周边地区的新近变化。考虑到它的实际内容，也是为了区别于老调的"走榆林"，还是易名为《榆林新歌》，也比较符合这个栏目的要求。又考虑到歌词视觉排列的效果和演唱的方便，对原来的一揽子歌词做了分节处理，共分为三节。翻译也沿袭了这样的格局。尤其在第二节译文中，略去了"震天吼""运九州""走神州"等夸张而押韵的词语，使得译文更加紧凑有力。同时，在前后两节的结尾处，保留了一定的拟声虚词以便营造演唱的气氛。

主要参考文献
References

1. 《三秦历史文化辞典》，袁明仁等主编，陕西人民教育出版社，1992年。
2. 《信天游五百首》，党音之、于志明编，陕西人民出版社，1993年。
3. 《巨星金曲霸王榜》，广文选编，陕西旅游出版社，1993年。
4. 《陕北文化概览》，袁占钊主编，陕西人民出版社，1994年。
5. 《安塞腰鼓》，张新德主编，中国和平出版社，1994年。
6. 《露水地里穿红鞋——信天游曲集》，杨璀编，人民音乐出版社，1995年。
7. 《中国文学：现代诗歌卷》，中国文学出版社编，中国文学出版社与外语教学与研究出版社，1998年。
8. 《中国电影电视歌曲集》，曹成章主编，花山文艺出版社，1999年。
9. 《中国民歌新唱500首》，周小泉编，上海音乐出版社，2001年。
10. 《陕北信天游与剪纸》，黑建国编撰，外文出版社，2003年。
11. 《天朗地黄歌苍凉——陕北民歌采风报告》，施雪钧著，上海音乐学院出版社，2008年。
12. 《西北回响：汉英对照新旧陕北民歌》，王宏印译著，文化艺术出版社，2009年。
13. 《陕北民歌通论》，刘育林等著，陕西人民出版社，2010年。
14. 《陕北说书研究》，孙鸿亮著，天津人民出版社，2011年。
15. 《陕北民歌》（1、2、3），扬子江音像出版社出版发行。
16. 《陕北民歌》（1、2、3），华声音像股份有限公司出版发行。
17. 《西北歌王》，扬子江音像出版社出版发行。

后 记
Postscript

努力探索中国民歌走向世界的歌唱语言
Finding Out a New World Language for Chinese Folk Songs

《西北回响》从拟定计划到翻译出初稿，再经过一段时间的修改，终于完成。这一过程经历了三个不同的阶段，或者说产生了三种不同的认识成果。

首先，像一切为艺术而着迷的人一样，出于激情和热爱从磁带和录像带抄录歌词，甚至为了得到一首歌而去买一个歌本，以便能够尽可能全面地了解陕北民歌这个令人陶醉的领域，为一种特殊的翻译提供原始的分类文本。其结果是，在一遍一遍收听和收看（有的有图像）的过程中，理解加深了，感觉找到了，印象形成了，翻译的条件成熟了。功夫不负有心人，从翻译有效介入的情况来看，这样的功夫是值得的。缺少了这样的过程，倒可能造成永远不可能弥补的前理解性质的缺憾，只不过现在看来，这个过程还不够久远和劳累。

其次，是认真地一首歌一首歌地翻译。这里的翻译还是带有即兴翻译的性质，连同随即性和试探性，因为每一首歌都有自己的特点和值得注意的可以传达或不可以传达的方面和因素，还没有形成一定的规范和式样。在这样翻译的过程中，初步的译稿逐渐成形并呈现出来的时候，一种创造的喜悦就会油然而生。然后，在一个小型的范围内，一个体制或一种风格就得以形成或完成，不过严格说来，还不能说是完成,因为还没有经过认真的修改和润色,也许在不少时候还不能说有了系统,甚至多数仍不成体统。

最后,在基本上完成了两遍修改以后,在译文基本上成型而且已经呈现为书稿形式以后,忽然想到应当增加一项内容。那就是,对于每一首歌的翻译做一些说明,主要是翻译的细节和技巧的探索性说明,当然,有一些对原歌词的认识和鉴赏的意见,觉得重要的,也一同纳入其中。这样,在尝试地写了几篇之后,终于定性为"翻译提示"这样一个不知道是写给读者还是写给自己看的一点副产品。不过,说不是副产品也行,因为它所总结的一些即兴评点的想法,最终还是引发了一个更大的想法,那就是写一篇论文作为后记,把这些零散的不成器或不成篇的小玩意儿,再做一次理会和整合,形成一些连贯或明晰的条理化的主张或思想。

这样,就到了现在这个要写后记的状态了。

不过,还有两点小的说明:

1. 原先对于陕北民歌的看法,随着材料的增多和翻译的深入而扩大了,包含了一些西部影视歌曲和艺术创作歌曲,甚至极少量模仿信天游形式创作的诗篇,但在总体上和质量上,仍然是陕北民歌而又以信天游为主体的歌集。

2. 翻译的认识变化了,提高了。和"前言"中所写的几条基本的认识和大概的做法相比,有了更进一步的文学翻译的认识和较为有系统的翻译思想或理论建构的冲动,需要及时地总结出来,使之成为自己心迹的纪念和后人可能的借鉴。

以下是一些具体的认识、做法和想法,分五个方面整理出来。

一、人称与称呼

民歌的演唱有许多是直抒胸臆的,所以第一人称单数的使用很普遍。但是有一个特殊的发现，也许是由于民歌在大声呼喊的粗犷中仍然免不了几分羞怯，以第三人称代为第一人称的叙事和抒情方式并不少见。例如，在《三妹子爱上个拦羊汉》中，"三妹子"实际上是自称，这比直愣愣地宣布自己爱上某人要含蓄得多，因此在翻译时，直接处理成"我"就可以了。《女儿歌》中的"女儿可怜"，在下阕就转化为"我会唱歌"的"我"。当然，也可以把这种形式理解为"我"是"女儿"中的一个，但那样就是太逻辑化的做法了——不一定符合民间思维的习惯。

一个反证的例子是《蓝花花》。蓝花花一直都是作为第三人称被歌颂或赞美的对象，或者说被偶像化了的陕北俊女子的代名词，但是在最后一节歌词里，突然变为这样：

我见到我的（那个）情哥哥有说不完的话：
咱们俩（个）死活（哟）常在一搭。

考虑到翻译的歌词必须具有起码的统一性，于是，第三人称的英文出现了：

She finds her lover and has so much to say:
"Dead or alive, together we must always stay."

当然，作为抒情的直接引语的内容仍然用第一人称。假若不用直接引语，那便要使用彻底的第三人称抒情了。但和第一人称的直接性相比，用第三人称抒情毕竟不那么直接和习惯。这就是上述人称进行翻译转换的道理所在。

也有以第三人称为抒情对象的，例如，《五哥放羊》中的"五哥"，直呼为"我的放羊小伙儿"即可，而这首歌中的"小妹妹"则是自称了。可见，在民歌中，以第三人称为寄托表达自己感情是一个常用的手法，不能不引起翻译的特别注意。当然，在翻译处理的时候，可以根据情况把这种潜在的对话形式挖掘出来，处理成译文的对话形式，以获得直接、生动而明晰的艺术效果。

作为称呼的人称和上述情况有所不同。

《一疙瘩冰糖化成水》的人称和称呼在使用上十分复杂，其"翻译提示"如下：

> 这首歌的抒情对象自然是姑娘的男朋友。原文从第一、二、三节的"哥哥"，到第四节的"哥哥你"，再到第五节的"哥哥"和"咱们二人"，有一个从远到近的过程，实际上不仅是物理空间的接近，更是心理空间的接近。译文一直用第三人称叙事，第三节和第四节加入 my dear 和 to you，使身份认同和抒情因素逐渐结合，直到最后一句才用了呼语"my sweetheart"和第一人称复数，表示完全的融合为一。"梅花开"具有象征意味，但译文采用变通译法，表达"欢乐四射"的喜悦，或曰"心花怒放"（I'm beaming with pleasure），以便加强第一句的印象效果，因此舍去了梅花意象。

我们不妨把原文和译文的逻辑关系加以对比。
原文的逻辑关系如下：

   原本形态：妹妹（抒情主体）
       哥哥（抒情对象）
   变异形式：妹妹 / 妹妹我 / 我
       哥哥 / 哥哥你 / 我的哥哥 / 他 / 哥哥呀（呼语）

>   合体形式：咱们二人／一对对
>
> 译文的逻辑关系如下：
>
>   原本形态：
>   I（subject）
>   you（object）
>   变异形式：
>   I（I feel / my heart / my mouth）
>   my dear one / my dear / his / him
>   合体形式：
>   we / we enjoy

其中有一些重要的情况要说明一下：

在译文里，由于抒情主体简化为第一人称 I，使得它的变异形式几乎缺失，其中列出的变异形式实际上是原文所有的，即主体状态或感觉与认识的延伸状（见括号）。

抒情客体的原型本来应当是 you（如图示），但实际上已经缺失（以问号表示），因为译文并没有出现以 you 为抒情对象的形式。真正出现的抒情客体的称呼只有一次，那就是 my sweetheart。

其中的 you see 并不是"哥哥呀"这个第二人称，实际上是第三人称，是虚拟的读者或指向歌者自己，这是为了表达需要而添加的一个内容。

"my dear?"与其说是呼对方，不如说是问自己或叹自己。也是译文根据抒情需要所添加的内容。

译文出现的合体形式 we，它的变体不是"一对对"，而是 we enjoy。

那么，应当几次出现的抒情客体在译文中跑到哪里去了呢？

真正的秘密只有一个，那就是，抒情客体转化为第三人称，隐藏起来了。他们是 my dear one / my dear / his / him。不仅隐藏起来，而且在有些时候，作为第三人称的"他"，甚至被疏远，因而成为确认的对象了。

这一系列的处理，其实也是符合这首歌从一开始就是以寻找和确认为过程，而将直接抒情放在最后的艺术安排的。其实，归根结底，整首歌始终都是抒情，以认同为抒情，从间接变为直接而已，从分离和变体变为合体而已，即抒情主体与客体的合体，或者说，是抒情主题的本意和本体的合二而一。

二、地名与方位

地名的翻译很难，也很讲究，难处和讲究的地方都不少。"老井""野店"一类有点文学味道的地方，其实不难翻译，this old well、a country inn 可也。像"三边""西口"一类地方，如果音译也可，要是想把意思翻译出来，就可以增加一点沧桑感，例如把"三边"（Sanbian）译为 the Old Frontiers（昔日的边陲）。

显然，许多地名的来历在于一个地方特殊的地貌特征，不懂得这种地貌特征就无法理解其中的奥妙，也就无从翻译。陕北是黄土高原，丘陵地带，植被很少，黄土裸露，所以"黄土高坡"可以直接译为"黄土高原"（Loess Plateau）。它的典型地貌有山（山丘），沟（山与沟可以合成山沟沟），墚（二道圪墚），坡（前坡、后坡），川（杜甫川），湾（如南泥湾、死羊湾）。崖畔，不是陡峭的悬崖峭壁，而是比较平缓的山坡土崖（或石崖），所以"崖畔上开花"就可以译为"山坡上开花"，而且一般是人走路可以就近看见和采摘的，未必一定要开在陡峭的山崖上，可望而不可即。

有的地名的确定是以一个城镇等为中心，向四面辐射或发展的。例如"三十里铺"，应当是距离中心城镇三十里之遥的一个铺子，假如不细究，就可以译为离城三十里的村子。一个描述性的译法就是 a village thirty miles away from the city，而压缩的译法就是 the Thirty-mile Village.

后记

在《妹妹永远是哥哥的人》里,妹妹将情郎送到大门外、五里桥、柳树墩,这三个地方,可以细究,也可以不细究。假如不细究,就可以大写形式表示送别的位置在移动(the Gate、the Bridge、the Willow)。只有五里桥有距离感,但也不一定刚好离这个大门是五里,所以基本上没有意义。假若真的要译出五里桥,而其他两个又没有修饰语,反而不统一,更不好。即使柳树墩可以有修饰语,大门又如何复杂到需要加修饰语言呢?或者为何一定要译出 outer gate 来和 inner gate 相对呢?可见,这里除了必要性之外,还有一个能否具有统一原则的问题,为的是追求艺术上的规整性美感。

硷畔,是陕北一个独特的地方性说法,并不是一个固定的地名。一般认为硷畔是院墙外面的场地,但在陕北的特定环境里,硷畔就是窑洞前面的开阔地,因为窑洞一般开在靠山崖的朝沟的一面,或者更理想的是向阳的一面,所以硷畔自然也有山崖至少也是高台的意思。假若窑洞有几层,有的窑洞就会开在别的窑洞的顶端,那么,硷畔也就在他人窑洞的顶上了,所以站在硷畔上瞭望远处,颇有点古典诗词里居高凭栏的意思。这也就是为什么陕北民歌里有那么多硷畔的原因。例如,在《想哥哥》里有这样的句子:

日落西山羊上圈,
干妹妹还在硷畔上站。

The sun is setting and cattle returning home,
And I still stand on the platform before the cave dwelling.

但若硷畔并不是只指一个具体的地方,而是具有别的意思,那么翻译也可以不拘泥于这个狭义的认识,也可以有别的处理办法。例如,在《横山里下来些游击队》里,有这样的句子:

一面面（的个）红旗硷畔上插，
你把咱们的游击队引回咱家。

And red flags flying in the yards outside our cave houses,
And inside our cave houses we sit with our soldiers.

这里的翻译，实际上是把"硷畔"理解为窑洞外面的开阔地（yard），而"咱家"实际上就是窑洞本身了，故而用了"窑洞屋子"（cave house）的复合创造词，来表示这一比较复杂的北方居住结构。

但是，"硷畔"未必一定要译为"院子"。为了表现陕北地域的辽阔和原始味道，甚至为了增加一些丰富的联想，硷畔也可以是山坡，或者别的什么地方。例如《想哥哥》里：

三天没见哥哥面，
硷畔上画着你眉眼。

Another three days I haven't seen you,
And I draw a picture of you on the hillside.

有的时候，在硷畔频繁出现的时候，或者根本没有十分必要而它却不知道为什么就跑出来的时候，硷畔也可以不译。可以猜一下《想哥哥》里第三次硷畔出现在下列句子的什么地方吗？

And I've had ten pairs of shoes worn out,
Expecting you are back as you promised.

后记

原来是下面这样的句子呀:

说下的日子你不来,
硷畔上跑烂我十样鞋。

下面再列出一些译文中包含有陕北的地方的句子,也请你猜一猜它们的本来面目(都在《想哥哥》里)。

Seeing a cock flying over the wall,
I follow it and climb over a mountain ridge to see you.

Still I can't see you;
I see only the hills around.

...

I simply weep wherever I think of you
——In a field, on the hill, or in the dale.

有些地名的用法有修辞性质,翻译更要灵活些,例如在《自由结婚》里:

穷人翻身赶跑崔二爷,
死羊湾变成了活羊湾。

Now the poor have got free and driven him away,
And the Dead Goat Bend Village has turned alive.

三、比兴与隐喻

比兴是中国诗歌的主要抒情手段，仔细考察起来，又可以分为比（比喻）和兴（起兴），二者都是在赋（直陈）基础上进一步文学化的创作方法。在陕北民歌中，实际上三种方法都在交替使用，但以兴最有特点，也最具有代表性。

兴，就是上句起兴，下句抒情或叙事的方法。这样就构成信天游这种典型的二句式结构。《蓝花花》一开始就是一个兴：

> 青线线（的那个）蓝线线，蓝格莹莹的彩，
> 生下一个蓝花花，实实地爱死个人。

这里的兴，无非要借助青和蓝，引出一个蓝花花来。这是有语言线索的兴，是意义的兴。翻译中能设法体现语言的线索勾连就可以了，否则就会失去兴的兴趣。"上河里的鸭子下河里的鹅，一对对毛眼眼照哥哥。"基本上却是语音本身的兴，如果要挖掘其中的意义，那就要在"一对对"上下功夫，和人的思念构成一对对的联想。因为汉语的语音联想一旦消失，译文就很难再有什么关联，所以语义联想就是必须采用的翻译手段了。当然，直接借助语义联想的句子，在陕北民歌里多的是：

> 一对对鸭子一对对鹅，
> 一对对毛眼眼望哥哥。

另一种常见的现象是太阳作为兴，因为它红，正所谓"东方红，太阳升，中国出了个毛泽东"。

> 太阳一出来（哎嗨哎嗨……）满山红（哟哎嗨哎嗨呀），

共产党救咱翻了（哟嗬）身（哎嗨呀）。

　　太阳的红，是引起积极联想，表达喜悦心情的兴，是情绪的兴兼有意义的兴，但以前者为主。当然也可以说，太阳具有象征作用。在太阳崇拜作为普遍文化现象的意义上，太阳的象征意义会是多方面的。但太阳未必总是引起积极的情绪，太阳也未必一定要用作象征或革命的意义。至少在革命以前的陕北民歌中是如此。
　　下面的例子，是直接造成环境描写的兴，即上句描写环境，下句写事或抒情：

三月里（的个）太阳红又红，
为什么我赶脚的人儿（哟）这样苦命？

The sun is so red and hot in March.
Why am I so miserable as a transporter?

　　三月并不是一个随意的时间，而是赶脚人出发上路的月份。所以这里的翻译要表现太阳的热（暖洋洋），来反衬受苦的程度（或以太阳的美，反衬受苦人的悲）。
　　作为环境的兴，可以是时间，可以是地点，也可以是一连串事件中的一个环节。《当红军的哥哥回来了》的第一节和第二节，就是一连串的事件构成主人公行动的背景。同时，也可以把这些背景看作是当红军的哥哥回来的症候，从而构成异常复杂的叙事与抒情交相呼应的心理过程，而翻译的处理也就异常复杂了：

听见（那个）下川马蹄响，
扫炕（的那）铺毡换衣裳。

鸡娃子儿叫来狗娃子儿咬,
当红军的哥哥回来了。

When there comes the clatter of a horse's hoofs,
I at once make the bed and change into new clothes.

Then crows of cocks and barks of dogs I hear,
And I know my Red Army man is back.

  红色有红火的意思,象征吉祥和旺盛,下面的开花的红,便是为了寄托或兴起对美好的光景的向往,所以要译出美好的情绪和景色来。再进一步考虑到这首歌的爱情主题的时候,渗入彭斯的情歌的比喻就是得体的了:

崖畔上开花崖畔上红,
受苦人盼着(那)好光(噢)景。

Flowers on the hillside are red and fresh.
Poor people expect a good life as a red, red rose.

  兴的里面有比,看来是一个普遍的规律。
  一种是形象的类比,一种是品质的类比,还有一种是关系的类比。在《崖畔上开花崖畔上红》里三种都有:

青杨柳树长得高,
你看(呀)哥哥儿我哪搭儿(噢)好?

Poplars now grow tall enough and mature.
Why do you think that I've grown up and good for you?

黄河岸上灵芝草,
我看哥哥儿你人品(噢)好。

Good as the Magic Fungus on the Great River banks,
You grow tall and kind and warm-hearted; there you go.

马里头挑马不一般高,
人里头数上哥哥儿(噢)好。

The horses are not of the same height, though,
And nobody, you know, is as good as you.

关系的类比可以产生极端的例证,如果可能就可以采用最高级来表示。例如,《寻汉要寻八路军》,首句运用"吃菜要吃白菜心"来作为最佳选择,那么,战争年代的八路军自然成为寻汉的最佳选择了。所以整首歌词都采用了贯穿英语最高级的翻译策略。在《这么好的妹子见不上面》里,辫子的长和妹妹见不上之间也有一种类比关系,而且兼有用辫子描写妹妹或为妹妹的出场起兴的作用——即便这一个具体的妹妹未必是长辫子。至于辫子再长何以能长到探上天,实际上是不可能,那就只能是不合理的夸张了。

这么长的(个)辫子(哎)探(呀么)探不上(个)天。
这么好的(个)妹妹(呀哎)见(呀么)见不上(个)面。

So long a pigtail but it can't touch the sky;
So nice a girl, like you, but I can't see.

可见，民歌有一种逻辑，类似于神话思维中的类比推理，表面看来两个无关的现象，给强行拉到一起，用相似的句法加以对比，因此显得有道理。再长的辫子如何能上天，再小的锅为何不能下米，并没有什么道理。翻译要让它有道理，只能在姑娘身上打主意，说我见不上你，说烧不暖你的心。尤其在最后，要让砖石的冰冷无知觉，比喻姑娘的冷漠无情，于是成功地反衬小伙子爱的炽烈。否则，简单地把砖石和姑娘摆在一起，终究不能产生意义。不过，这里的翻译已经是比喻了。

三疙瘩瘩的石头（哎），两（呀么）两疙瘩瘩砖，
什么人（呀么）让我（哎）心（呀么）心烦乱？

Are you simply a stone or a brick, so cold,
But still you make me so much distracted?

比喻有隐喻和明喻。上一句用反问的方法把兴译为比喻，而且是暗喻，是一种处理方式。相反，明喻也可以不当明喻来翻译，也即翻译修辞格时的变换：

崔二爷在时就像大黑天，
十有九家没吃穿。

考虑到"大黑天"是对穷人而言的，是和没有吃穿相关的，所以直接译为崔二爷如何对待穷人就行。沿着这条思路，"他把我们推进

黑暗中",就是一条解决的途径了:

> The Landlord Cui threw us into darkness;
> Nine out of ten households had neither food nor clothes.

以具体形象表达抽象的东西,比如时间观念,甚至是移动的时间过程,也是可能的。新民歌《黄土高坡》中就有这样的概念流露出来(下一句"不管过去了多少岁月"就是一个明证),而这里的翻译,也要体现类似的东西,那就是流动感:

> 我家住在黄土高坡,
> 日头从坡上走过。
> 照着我的窑洞晒着我的胳膊,
> 还有我的牛跟着我。

> Loess Plateau, My home!
> The sun moves over the plateau.
> It shines over my cave dwelling and my arms,
> And my cow follows me around,
> 　My cow follows me around.

四、声响与回应

修辞是分为消极修辞和积极修辞的。前者指语言的准确、鲜明、生动,把话说得明白易懂,包括选词的考究新颖,句法的生动有力,语段的平衡和谐以及章法上的统一变化等。后者是运用修辞格的修辞,是更进一步讲究音美、形美和意美,力求提高表达的艺术性,增强作品的感染力的问题。积极修辞,除了前一节已经讲到陕北民歌的隐喻与比兴象征之外,这里再重点讨论一些涉及语音修辞格的使用和翻译处理的情况,姑且称为"声响与回应"吧。

在一切的声响中,人的呼喊具有最原始最自然的表现特征。在民歌中,呼喊的声音作为歌曲的辅助部分,具有烘托气氛、营造氛围、积累情绪、宣泄感情等作用,其重要性是不可忽视的。例如,在《黄河船夫曲》和《过黄河》里,正文歌词以前或以后以及中间的呼喊声,就是黄河上的船夫或后生的呐喊和呼叫,其中"过黄河呀,过黄河呀"的呼喊,虽然有语言的参与,但仍然是作为背景的声响效果而出现的,具有规定节奏、铺垫情节、突出场面的作用。在翻译时,基本上是换用英文的语音系统,重新创造出一套声音符号来。《黄河源头》中的情况与之类似,也是如法炮制。

请看《黄河船夫曲》的例子。在翻译提示中是这样说的:

> 《黄河船夫曲》是一首名曲,高亢而豪迈,激越而苍凉。这首歌的翻译,以声音模仿的形式保留了原歌词中烘托气氛的呼喊语言,有利于营造一种紧张而宏大的黄河奔流的气氛,同时注意传达歌词正文的相对整齐的美感,使歌词在整齐而错落的旋律中抒发船夫那豪迈的情感。通过这样的艺术处理,就在规整与错落的审美要素之间找到了一种富于变化的歌唱性和宏大场面的音乐感的平衡。

歌词中间夹杂的呼喊性语言,有的有节奏调节的作用,类似于垫字,例如《满天星星一颗明》;有的有表情达意的作用,类似于拖腔,例如《上一道坡下一道梁》《哪搭搭也不如咱山沟沟好》。这样两种情况,在翻译时因为语言的隔阂及影响阅读的流畅性而予以删除。同样无法保留或不必要保留的例子还有《黄土高坡》最后纯粹为歌唱用的

后记

"啊啊啊啊",《想延安》中间的"啊哎嗨咿哎嗨呀",以及《翻身道情》句末和句中的呼喊语和歌唱性辅助语言。这种音响的删除,实际上就是由民歌的演唱性向文学的阅读性的滑落。当然,在恢复舞台演出和演唱的时候,这些适合演唱的东西也可以恢复出来。

但是,有意造成滑稽幽默效果的副语言仍然要尽量保留。例如《跑旱船》中的一个整行的语音游戏,因为它在吊足听众的胃口之后,要产生突然的"那才是个假的"的审美判断,产生突降式的修辞感觉。

以下是第一节的原文与译文:

> 太阳(呀)下来这么样样高(么哟号),
> 照见(那个)老头(是)过(呀)来了。
> 身上(哟号)穿的一件烂皮(得)袄(哟号),
> 长上两根胡子(哟),
> (奴得吊咿得吊得儿吊得哟吊吊)
> 那才是个假的(咿哟号)。

> The sun is rising so high and higher up,
> And the old man is coming and coming up.
> He is wearing a lamb skin robe and
> Wearing the handlebar mustache
> (Nudeyide diaode diaode yodiaodiao)
> And it's a figure all dressed up.

翻译提示里有一段补充说明:

> 与其他秧歌词不同的是,这首《跑旱船》的方言味道极浓,

演唱性也很强。译文采用戏剧手法进行翻译加工，包括太阳升起和演员出场的类似结构，演员化妆和表演的细节夸张，拟声效果的全真模仿，以及最后一个揭谜底的甩包袱的技巧："这是一个打扮起来的人物"。无一不有根有据，有声有色。说翻译是创作的模仿和继续，由此可见一斑。

在以语音模仿实际生活中的某种声响效果的歌词中，这种模仿的准确或生动与否就成为翻译成功与否的首要的标志。例如，在《走绛州》中，对于小车"吱扭吱扭"和毛驴"踢踏踢踏"的模仿，可以说是惟妙惟肖。只是对于扁担"软溜溜"的模仿，无法进行，于是换为语言描述"柔软有弹性"（springy and supple）。其实，就其翻译的原文基础而言，中文表达扁担的"软溜溜"的中心词"软"仍然是语言描述，而不是拟声词。

> 一头毛驴踢踏踢踏踢（呀呼嗨），
> 踢踏踢踏踢踏踢踏（呀呼嗨），
> 赶起那毛驴走绛州。
> 毛驴喘喘呼啦呼啦呼，
> 鞭儿闪闪啪啦啪啦抽，（哎嗨哎嗨哟）
> 我就走了绛州。

> A donkey goes clip-clop-clip-clop and,
> Clip-clop, clip-clop, clip-clop and clip-clop
> And I lead my donkey,
> And I go to Jiangzhou.
> With the clip-clop-clip-clop of my donkey,
> I go to Jiangzhou.

后记

　　包楞调是一种以"楞"音连续作拖腔的民歌曲调,故称"包楞调"。它的演唱性极强,而且有号召力。翻译虽不能完全传达各个细节的语音游戏的妙处,但可以在总体上和关键部分予以传达。首先在标题上,根据英文发音习惯设置了拟声歌(A Click-clicky Song),然后,在每节正文的括号里(实际上是演出提示),包楞姐(Miss Click)的设计和出场,演唱与结束,作为点睛之笔,贯穿于全歌词的始终。

　　下面仅举第一节为例来说明这种翻译的效果:

月亮(的儿那个)出来了白楞楞,
太阳(来)出来了一(呀)天红。
葵花朵朵向太阳,
条条(的个)大路放光明。
(大家来哎,唱歌了,
紧那个包楞姐来
送给大家的紧那个包楞楞。)

The Moon rises, so white, so white.
And the Sun rises, so red, so red.
Sunflowers each faces the Sun,
They shine along every road.
(Everybody, come and sing,
And the singer is Miss Click,
Who'll sing us a click-clicky song.)

　　同声相求,彼此呼应。在呼应的效果方面,民歌也有异常重要的翻译要求。呼应与拟声的区别在于，其中的声响效果并不模仿任何事物的声音，甚至所歌唱的对象本身并不能发出声音，例如花开并没有声响，而《对花》里却有声响。这种声响与其说是自然的模仿，不如说是歌唱的需要，于是合理的简略或删除就是可以理解的了。兹举《对花》第一节为例，来说明其中的翻译处理：

男：正月里开的什么花？
女：正月里开的是蟠桃花。
男：岂不知那花开多么大？
女：那七月里核桃是满院子青。
男：岂不呀儿哟花儿红，
　　花不呀儿哟楞僧僧。
合：楞僧楞僧岂不楞登儿僧，
　　那正月里花儿是开里个红。

M: What flower is in bloom in the first month?

W: Flat Peach is in bloom in the first month.

M: How large is the flower of flat peach, you know?

W: Its fruits hang green in the yard in the seventh month.

M: The flower is red and red is the flower, you know.

M & W: The flower in the first month is red, though.

一个仔细的观察不难看出，上面的声响消息并不是仅仅只有一行，甚至不是从这一行开始，而是早在不知不觉的"岂不知"（第三行），"岂不呀儿哟"（第五行），就已开始，经过了一个整行的"花不呀儿哟楞僧僧"（第六行）的逐渐积累，最后才到男女齐声歌唱的"楞僧楞僧岂不楞登儿僧"（第七行）的，于是第八行的"那正月里花儿是开里个红"，就是水到渠成的了。即便是最后一行语义的陈述，其中仍然含有声响的成分，例如"里个"，不过在这里可以理解为垫字罢了。

对花是对话的极端形式。在更具有普遍性的对话类型的民歌中，《捎戒指》别具一格。其中纯歌唱（即无理的声响部分）的删除和有理的语义部分的保持，还有居于二者之间的半有理部分的改易，构成这种类型的民歌的翻译的基本策略的三个层次。以下是《捎戒指》的第一节及译文：

女：你与了妹妹捎回戒指来（哟嗬），
男：捎回来戒指你在哪搭用它（哟嗬）？
女：捎回来戒指儿妹妹手上戴（哟嗬），
男：十七哟，
女：十八哟，
男：妹妹哟，
女：哥哥哟，
合：（哼哎哼哎丝拉拉哥，）
　　我的那个妹妹（哎哟哟）。

W: Would you please bring me a ring?
M: Bring you a ring? Where to wear?
W: Where to wear? I'll wear it on my ring finger.
M: So nice?
W: So nice!

M: My baby!

W: My boy!

M&W: My dear,

Oh my dear!

除了全部删除和完全保留的两个极端之外，半有理的更易部分如下：

M: So nice?

W: So nice!

M: My baby!

W: My boy!

M&W: My dear,

Oh my dear?

"十七、十八"一类话，本来指年轻人到了花季、青春期或恋爱期，是人生的"极美"所在，无论是表白自己还是奉承对方都可以用问答形式："So nice？""So nice！"。而哥哥和妹妹的称呼也随之变为英文式的"My baby！""My boy！"，最后合成"My dear！""Oh, my dear！"，同时仍然包含了男女身份和语言习惯上的区分度。

更有意思的例子还有：

（曾巴巴依巴依巴依巴依巴曾）
（嘿）红花花依花依花红，
红花花依花依花依花依花红
（嘿）绿格茵茵。
张生你（呀）你是妹妹小情人（么嗯哎哟）。

> （Lalalalalala, lalalalalalala,
> Lalalalalala, lalalalalalala）
> Roses red and leaves green,
> Mr. Sam is my sweetheart.

以上是《挂红灯》的最后一节，姹紫嫣红中能够分辨出来的只有"红花绿叶"的说法和"张生你（呀）你是妹妹小情人"这样一个句子。严格说来，前者对于后者也是一种兴，表示红花绿叶的天然搭配，不即不离。其余都可以理解并处理为歌唱性的语音安排，借用汉语歌曲常用的啦啦啦进行模仿，加以归整后就成为以上的样子。

看来，把歌唱性适当保留在翻译中，也可以增加或保持歌词阅读的文学性。

五、韵味与诗意

在歌唱性的问题有了一些探讨之后，我们要回答一个比较复杂的问题，那就是歌曲的歌词如何能有一种韵味吸引人，甚至更进一步说，如何获得诗意感动人。虽然歌词并不是诗，但需要有不同寻常的语言构造，以便区别于日常生活的大白话，而这种区别，就是偏离，偏离语言的常规和习惯而形成特点。显然，陕北民歌里有不少土得掉渣的方言俚语，而且有一种特殊的不同于普通话的并不普通的东西，那也就是一种味道，一种风格，一种诗意。

陕北民歌，特别是信天游中的诗味从何而来呢，或者说在语言艺术上有哪些特征呢？

我们姑且从最容易着手的词语与节奏入手，按照音节的多少，加以论列：

单音节：我；谷，美，娃（儿），水；跳，叫，笑，哭；哎，哩单音节词或字是汉语的基础，实词虚词各种词类都有，有的是典型的方言说法（这里把儿化音不算入）。

双音节：哥哥，妹子；硷畔；撒欢，拦羊；双双；哪搭；里头，亲亲

双音节词是现代汉语占主导地位的音节数，各种词类都有，双声叠韵是其典型的语音修辞手段，叠字在民歌中很常见。

三音节：马驹驹，羊羔羔；亮一亮，定一定；拉话话；前脯脯。

三音节类似于三步舞，典型的结构是其中有一个字的重复，有的就是双音节词再加一个叠字。有的是语法性的，例如干妹子、拦羊汉。

四音节：柳条篮篮，扑啦啦啦，招一招手；高高地起，端端地放；装了个满。

四音节词是典型的汉语结构，但在民歌和民间语言中并不如此规整，而是包含了三音节和双音节甚至单音节词语的结合与变异，同时也有语法现象的压缩，例如补语。在诗歌形式中，四言诗的典型虽有，但不明显。

五音节：甜不溜溜酸，酸不溜溜甜；落下一铺摊；羊儿叫咩咩，妹子开门来。

五音节的结构更为复杂，语法与修辞成分共存，而且进入诗歌形式的五言诗，即达到句法表意的最小单元，在陕北民歌中有表现，如《走西口》。

六音节：哥哥你走西口，红个丹丹太阳，想起了（那个）小妹妹。

六音节结构虽不典型，即可以视为以上结构的变异与组合，例如"不见我的童年"。但也有典型的，即可以视为两个三音节的结合体或连续体，例如"我低头，向山沟"，又如"山又高（来）路又长"。

七音节：青龙大王老人家，穿红穿绿我情愿；民国是十七年整，

可怜是实就可怜。

七音节是典型的汉语句式结构,构成七言体诗歌体制,其中有多种变换形式和内部结构样式,在民歌中的变异更多,结构更灵活。例如,使用垫字能把五六言变为七言体式。

八音节:白云悠悠尽情地游;山丹丹花开花又落;说下的日子你不来。

八音节结构可以是两个四音节的结合,也可以是别的变异状态,但一般不大具有典型性。

九音节:走你家窑顶瞭你家院;年轻人看见年轻人好;百灵子过河沉不了底。

九音节体式可以直接视为七言体的变体和加长,也可以是包含两个命题的复合结构。当然,民歌形式中的垫字、叠字和汉语句法如兼语和连动各式,都可能在起作用。

多音节:山坡坡(的)长得十样样(的)草,/十样样看见哥哥你九样样(的)好;三疙瘩瘩的石头(哎),两(呀么)两疙瘩瘩砖,/什么人(呀么)让我(哎)心(呀么)心烦乱?

多音节结构主要指超过十个字以上的句式结构,同时也有结构复杂散乱不规则之谓。当然,在结构之间不相对应/对仗与错落,即现代诗歌的散文化结构,也可以视为一种样式——一种不成样式的样式。

在翻译的时候,关于结构与节奏等问题,有各种可能性和各种变异方法。一般说来,英文并不能直接模仿以上的汉语特征,因为这是两种完全不同的语言,包括基本的构成方式和思维习惯都有很大差别。但并不意味着翻译就束手无策,而是可以运用其他翻译技巧,动用英文本身的语言资源,建构新的译文格局。以下是本书可以给出的翻译的基本原则和几点做法,分别举例说明:

（一）在格局上，讲究整齐与错落，避免无序与呆滞。

规整之法汉语有之，英语也有之，虽然各有不同，但基本相同的特征仍然可以见用和兼容，可以理解和接受。例如，《走西口》表现出来的近乎五言诗的格调，在翻译时可以模仿。以下是第二节、第三节和最后一节的对照：

哥哥你走西口，
妹妹送你走，
手拉上（那个）哥哥的手（哎），
送出了大门口。

哥哥你走西口，
小妹妹不丢手。
有两句（那个）知心话（哎），
哥哥你记心头。

哥哥你走西口，
不要忘了奴。
唯有和（那个）小妹妹，
天长又日久。

You are going to Xikou,
I'll see off you.
Your hands in mine,
To the gate we go.

后记

You are going to Xikou,
I can't let you go.
Please do remember
Whatever I tell you:

You are going to Xikou,
Forget me not, though.
For I want to live forever
Together with you.

值得一提的是,在翻译时不仅采用了类似于五言的节奏感,并且尽量保留了尾韵的一致。当然,一些变化是必要的,例如,在叙事上可以把间接引语变为直接引语。此外,在可能时模仿民歌的民间思维模式,例如用简单的词语倒装和重复,不用或少用情态动词,以及 with 结构的使用,甚至个别古语习惯的保留(如 forget me not),都有助于表现陕北这个传统保守与浪漫抒情相交融的奇妙的文化形态。

错落可以是句法的,也可以是别的什么。创作歌曲《信天游》的错落属于前者。最后一节可以作为例证:

大地留下我的梦,
信天游带走我的情。
天上星星一点点,
思念到永远。

错落的表现也可以模仿。例如《下四川》,在错落中有规整,有

累积,有爆发,有结束。以下是第二节及译文:

> 一溜的山(来者哟咿哟噢哟),
> 两溜溜山,三溜溜山(啊),
> 脚夫哥哥下了(的个)四川(噢哟哟啊)
> 脚夫哥哥下了(的个)四川。

> One mountain ridge,
> Two mountain ridges, and three mountain ridges ahead,
> I drive my loaded cattle to Sichuan.
> I drive my loaded cattle to Sichuan.

(二)在风格上,追求平直与放逸,提防平庸与习见。

如果说以上的讨论已经涉及翻译的文体定位问题,例如五言体和排比效果的模仿问题,那么,风格的传达就是自然可以引出的另一个翻译问题了。风格传译之所以成为一个重要的问题,是因为翻译的风格并不是只有一种。但是,严格说来,翻译的风格也不是和原文风格严谨的一一对应。就最普通的要求来说,平庸是抹杀翻译风格的才性基础,对于创作来说尤其如此。习见是抹杀翻译风格的心理基础,尤其是当大多数人都认为翻译要忠于原作的时候,一种普遍的习见就占了上风。克服这两者的基本点是,要让翻译的文体既平直又放逸,否则,就没有翻译的风格基础可言。

先来看平直。所谓平直,就是恢复译文语言的自然与常态,不要生造译入语言。在大多数情况下,翻译要找到对应的译入语说法和表现法,以此作为基础,来思考语义传达和进一步的风格传达问题。例如,《信天游》第一节,是十分平直的语言,也要用平直的英语来翻译,即平直的词语和句法,不要拒绝英语的典型说法(days gone by),不要害怕英语的主语和连接词会影响歌词的"意合",更不要颠三倒四,追求奇险和押韵,也不要强行模仿汉语的叠字效果,因为这不符合英语的习惯。

> 我低头,向山沟,
> 追逐流逝的岁月。
> 风沙茫茫满山沟,
> 不见我的童年。

> I look down into the valley,
> To recall the wonderful days gone by,
> And I see sandstorm everywhere,
> But not my childhood.

在基本达意和流畅自然的基础上,可以追求一定的新奇效果,但不能脱离原意强行增加或生硬改变,而是抓取主要特点加以重现。这里的难点是汉语有些不能直接翻译的东西也要设法译出来,而将明显可以直接翻译而不必要的东西剔除掉。例如,《黄土高坡》的第一节,翻译要解决的是"东西南北风"的问题以及"我的歌"的重复问题。前者的罗列造成译文累赘不可读,后者的丧失则使译文的风格无标记。

> 我家住在黄土高坡,
> 大风从坡上刮过。
> 不管是西北风还是东南风,
> 都是我的歌,我的歌。

> Loess Plateau, My home!
> Wild wind blows over the plateau.
> Wild wind, you're my singing, my song,
> Whether it's northwestly, or southeastly,
> The wild wind blows along.

进一步考察风格问题。放逸，是一切风格的基础，放不开是许多译文和原文无风格的原因。当然，翻译中的放逸，要以严谨为基础，也要适当考虑脱离原文表面，以便产生译文趣味和风格的问题。

仍然以这一节歌词为例，从它的翻译对照中可以总结出以下的认识：

第一句的呼语具有歌唱性，是抒情而不是叙述（改变原文陈述）。

第二句黄土高坡的重复是大风刮过的需要（"坡上"是"黄土坡"的简称）。

第三句集中解决对大风抒情的问题，兼用呼语和过渡，先说在唱歌，再变为唱出的歌。至此，关键部分重复的风格已经形成。

最后两行补充解决东西南北风的问题，用风不断地吹来概括、提升、笼罩掩饰方向问题，同时加强了大风吹过的时间和气势。最后，留下的风在吹而不是歌在唱，或者以风吹代唱歌。

顺便说一下这一节翻译的体制和韵律效果。

原文：A. 四行句式，一长一短，呼吸吐纳，结尾押韵，最后重复。

　　　B. 第一、二行相继，三、四行收尾，章法上有起承转合之妙。

译文：A. 五行句式。第一行独立，抒情，造气势，第二行相继，韵作结。

　　　B. 第三行再抒情，第四行相继并以第五行收尾，拖长了刮风倾向。

　　　C. 以头韵连接句子的起头，拟声仿造，加强了刮风的效果。

D. 尾韵有两个，前两行押一韵，是起兴，后三行押一韵，是结束。在总体上暗合了起承转合的结构，显得丰富而浑厚。

（三）在韵味上，结合土味与洋味，消除生造与怪异。

风格和韵味有关，但不是一码事。这里不能涉及太多的问题，只想把韵味问题集中在土味和洋味的关系上来，作为翻译的一个基本的核心问题来对待。其中最主要的问题是解决汉语韵味和英语韵味的结合问题。首先，在一个基本的层面上，译文和原文要有一定程度的相似性，但又不能追求一模一样或完全对等。这里的关键是，所谓对等是基本的和大体上的，双方的明显特点都要消除一点（但是另一方面，译文自身的语言特点也会进入一些到原文里没有的地方），或者说，这就是翻译的中性化策略或兼容性效果。

一个恰当的例子是《三十里铺》。

《三十里铺》是一首动听的歌子，有仔细的叙事和含蓄的抒情，有典型的中国文化词语和习惯说法，如地名、物名、人物称呼、陕北方言等，翻译采用中性化的策略，使之化解或消融在译文的叙事与抒情的交融状态中，不露痕迹。

> 提起个家来家有名，
> 家住在绥德三十里铺村。
> 四妹妹和了一个三哥哥，
> 他是我的知心人。

> My home village is in Suide County.
> It is a village thirty miles from the county seat.
> By birth, I'm the fourth and he, the third,
> And he is the one I really love.

显然，淡化典型汉语文化词语的结果是译文清晰可读，流畅自然，叙事交代也清楚，达到了功能上的对应。比如，陕北民歌中说"咱们二人没盛够"，译为"We don't seem to stay together long enough."，这就是以非方言翻译方言，虽然消除了阅读的障碍，但在一定程度上也会有损于意思。例如，由于主观抒情变为客观叙事，下面后一句的抱怨情绪减轻了：

人人说咱二人天配就，
你把妹妹闪在半路口！

People say we make a good couple,
But something changed halfway.

决定哪些可以删掉，哪些一定要译出，是最重要的。在必定要说的话里，应当怎样说和说到什么程度，也同样重要。最后一节可以看出其中的奥妙：

三哥哥当兵坡坡里下，
四妹妹硷畔上灰不塌塌。
有心拉上两句知心话，
又怕人笑话。

My boy is going down hill to join the army,
Leaving me listless before the cave dwelling.
I do have more to say to him,
But mind what people would say.

后记

关于这首歌,以下的翻译提示可以提供更多的翻译细节和信息:

《三十里铺》是十分动听的歌子,它基于一个真实而感人的故事(请参看"前言"),而且有不同的版本。"铺"字本身采用两种译法,一是释义,如第一节,一是命名,如标题。这里的"三哥哥"和"四妹妹",虽然是成对出现,但因为译文将第三人称叙事转为第一人称抒情,于是自己一方被淡化,只剩下一个(排行第三的)"三哥哥"了。与此相关的是第三节的抒情方式,采用了直接引语的方式,仍清晰而亲切。第四节的叙事,只好借第一人称说第三人称的故事了。不过,二人的年龄在第二节倒是直译出来了,因为对于农村姑娘来说,年龄也是重要的叙事内容,而且可以成为抒情本身。最后,第五节,不仅二人的称呼简化到最低限度,而且各自的地点也简化到最低限度,因为它和抒情几乎无关。相反,"害急"这样的口语,则意译为"不要把话搁烂在心里"(Never let it go rotten in your heart!),于是地方色彩大增。

译文保持典型的中国文化词汇而又能融化入英语词语之中,使二者共处一体而比较谐调,是翻译追求的一个中等目标,也是许多时候经过努力可以达到的。《三哥哥你看美不美》(Don't You Say?)的翻译就具有下列特征:

时间上用英文月份但可与端午节(五端阳)共处,因为整个歌词在节令上是阳春三月、春暖花开和五月六月的夏季盛事,基调统一无矛盾。

地点或程序上有拜花堂、入洞房,但化用了英文的婚礼和新房,使得整个过程以婚礼为契机协调推进,不露痕迹。

舍去中文的"哎个哟呵"的歌唱辅助语音,换用英文的亲切称呼"my honey",在音乐的关键位置上反复强调了爱的甜蜜。

将三节的关键词"爱不爱""美不美"以及"情意长"统合为一个"爱"字,突出和贯穿了爱的主题及其变奏。

兹以最为复杂的第二节为例:

五月里来五端阳,
我和三哥哥拜花堂。
拜罢花堂入洞房(哎个哟嗬),
咱二人情意长。

May celebrates the Dragon Boat Festival.
And you and I celebrate our wedding day.
Then we enter our bridal chamber, my honey,
And enjoy our overjoying love of May.

翻译的最高境界是化,化境,即将两种语言和文化的痕迹化尽,化为一个统一的意境或体制或韵味或风格。此目标虽难以达到,但在极少数情况下,也不是一点不能达到。一个基本的情况是,在较小的篇幅或者一个长篇幅的局部,往往可以达到。《祈雨调》中的两句可以对照如下:

龙王老爷爷(噢)早下了,
早下海雨救万民。

King of Dragon, please rain!
Rain for the salvation of men!

一个完整的作品,要达到化境就比较难。下面一首民歌的翻译,实际上包含了再创作在内,在效果评价方面也需从整体上来把握才行:

木夯号子

领:麻里里雀,打肚肚飞,
　　飞来飞去上树梢呀么——
合:号一号二号三呀么再来着。

领:高高地起,端端地放,
　　小心打在个脚尖上呀么——
合:号一号二号三呀么再来着。

Rammers' Work Chant

　　　　Sparrow and sparrow,
　　　　Fly higher and higher,
　　　　High up to the treetop!
Chorus: Ram and tamp,
　　　　Ram and tamp,
　　　　And once again!

西北回响

> Ram and high,
>
> Tamp and low,
>
> Right on the spot!
>
> Chorus: Right on the spot,
>
> Mind your toe,
>
> Mind your toe!

就翻译的难度来说，打夯的号子具有极强的节奏感和动作性，译文较之原文诗行变短，行数增加，就是为了适应这一特殊的民歌形式的。同时，译文利用英文表示"起""落"的动词重新铸造新的劳动号子形式，造成特殊的辞趣和演唱性，其效果则为翻译之初始料未及。

这个有点显得太长的后记终于要写完了。

近世以来，中国传统文化一再遭到忽视、否定和破坏，而今天，中国民歌被作为现代诗歌创作和一切文学创作的源泉而大力强调，是一件好事。实际上，中国民歌本身在继建国初期的采风活动以后，目前再一次采风活动使之再度步入传统文化复兴的热浪中，陕北民歌所刮起的西北风又一次显示了它的魅力，也又一次证明了它的无限的生命力和永久的感染力。而它的翻译，以及一切民歌的翻译，在古典诗词的翻译已经有点搞得太滥的时候，在民歌本身的唱法也由传统转向流行的时候，终于要作为翻译问题提出来了。这本小册子，便是我个人对于这项活动以及建设中的翻译学的一种回应、一种参与和一点贡献。

并非完全是因为受到任何事物都得在"极高明处致精微"的儒家治学之道的影响，在我离开大西北进入京津工作之后，部分的也有

后记

自己是陕西人（虽然并不是陕北人）的乡土观念在作祟，我收集和翻译了这个小册子，想让它问世。就像一个婴儿，在经历了一些人生世事变迁以后，依然故我地在西北的黄天厚土里哇哇地叫，作为对这个世界尤其是一个世纪以来的西北风云的一种回荡，和一种回响在大漠孤烟上空的信天游一般的东西，实在而又飘渺——姑且称为《西北回响》吧。

王宏印

2005 年 1 月 11 日

2007 年 8 月 21 日修改

于南开大学寓所

附录 | Appendixes

附录一　陕北组诗
Appendix 1　Poems from Northern Shaanxi

小引

　　陕北是一块人杰地灵的地方，那一排排的窑洞，那一声声响彻云霄的信天游，不能不给人以深刻的印象。读大学期间曾在延安生活过几个月的我，二十余年后又去壶口瀑布观光。今年暑期，去榆林和延安讲学，除了清凉山是旧地重游，许多地方是首次来看。尤其是榆林古城墙、红石峡、李自成行宫等地，人文自然景观久久不能忘，只能以诗记之。

王宏印（朱墨）
2000 年 11 月 11 日凌晨
于古城长安

1. 黄河壶口

浑黄的奔涌
一个民族的历程
毛茸茸的羊群撒欢
在老一辈流淌的皱纹里
雾里云里你腾空起吆
安塞小伙儿的腰鼓声
黄土高坡的沟沟壑壑
信天游鞭儿甩得长悠悠
大漠落日红红的脸
照不尽岁月苦楚楚
啊 一个液体的雕塑
黄河壶口

1999年12月
于西安

2. 高贵的祭坛
——游米脂李自成行宫

你的头颅今安在
陕人的骄傲
为了求得个准数
我们一步步攀登上

西北回响

你曾经攀登过的
高贵的祭坛
只见四周一片沙漠
几个沙馒头

我想这里不会
有什么颠倒
米脂那出婆姨的地方
却长出一条好汉
可不知何故
与绥德的汉相比
米脂的汉立马横枪
尺寸又何其太小 ①

但愿不是为了争得个平衡
我们才把你捧得过高
当年杀出重围的闯王
多亏及时丢失了政权
才因此成就了
悲剧英雄的
美名

2000 年 7 月 25 日
于榆林

---

① 这里指的是抗金英雄韩世忠,生于绥德,有全身像立于绥德县城,较之李自成像高且大。

3. 榆林古长城遗迹

破碎的山河
像身首异处的盘古
卧着千年不醒

一个个的城垛
是边关将士的身躯
将座座祭坛筑成

风吹黄沙
昔日无定河畔
几人春闺梦里

日出大漠
但见榆林城头
万盏灯火将熄

2000 年 7 月 31 日晨
于榆林

4. 游红石峡

天崩地裂
荒漠露出赤色的胸膛
一道清流蜿蜒

榆溪
是你浇灌了这片焦土

千年以来
摩崖石刻呀
如镇边将士
一颗颗头颅高悬
在悬崖峭壁
虎踞龙盘之势
气吞山河

红石峡
你是山河永固的象征
你是汉蒙一统的明证

风雨飘摇后
帝国的落日残照
一派辉煌

如流沙返照
何其冷热无度
只有红石峡河水川流不息
往事如烟
似雾

2000 年 7 月 31 日晨
于榆林

5. 西沙印象

个个沙丘
披上绿色的甲胄
不知历经了多少寒暑
才有了这一身装扮

银刺在风中摇晃
小松树在沙丘抖动
不见野兔子出没
午后阳光下

一边是荒漠沙白
一边是古城绿荫

西沙啊 西沙
治沙阵地的前沿
只有人进沙退
否则城市不存

你是沙漠古城的屏障
犹如古城墙
残破中给人一丝清凉

水库如镜
自然的生命线
空中偶见一只飞鸟
惊喜中带给世界一片消息

2000 年 7 月 31 日晨
于榆林

6. 红碱淖

哪位仙女
把明镜丢在沙漠
千年万年的明亮着
从此大漠不荒凉

哪个先驱
把这片水域发现
引来千万人的朝圣
从此自然不安宁

2000 年 8 月 1 日
于延安

7. 清凉山雨中游

雨中喜登清凉山
一城延安在眼前

万佛洞里思劫难
百年风云枉变迁

庞公祠高范公文远
一方水土一方天

宝塔隐隐延水浅
不尽心事二十年

   2000年8月5日下午
      于延安

西北回响

外一首：

蓝花花

一声悠长的蓝花花儿
绿了陕北的黄土高坡
自从出了一个蓝花花儿
这西北的民歌儿
可就实实地爱死个人儿
一根根的青线线儿，蓝线线儿
牵动了心事儿一串串儿

当原始森林在反复的征战中
　　被焚烧和砍伐成一片荒漠
当中原大地在饥馑和流浪中
　　被分割被拖垮成一介病夫
那一声凄惶的蓝花花儿
　　牵出了黄河古道的浑浊
　　牵出了丝绸之路的荒凉
　　牵出了无定河畔的白骨
　　牵出了榆林城边的新绿
那一声蓝格莹莹的彩呀
　　窒息了金戈铁马的悲鸣
　　窒息了高楼深宫的恩怨

窒息了混战的南北军阀
窒息了断肠的东西条约

在一声蓝花花儿的叹息中
紫禁城的黄昏渐渐黯淡
只有那五彩的美梦
在窑洞里圆满
成一页剪纸

至今西北风还在一个劲儿地吹
山背后的那个日子长着呢
阳婆婆照样爬上东山坡
再沉睡在西山凹
管他东方西方
还不是一样的红日头

只要有一声蓝花花儿
咱们心窝里就着了火

2003 年春节初二
南开寓所

附录二　双调信天游
Appendix 2　Wandering Chants in Dual Tones

小引

陕北作家路遥一生执着追求,艰苦备尝,事业成功,夫妻失和,影响了他的生活和创作,毁了他的健康和生命。从《人生》中高家林与巧珍的爱情悲剧,到《平凡的世界》里少安与润叶的爱情悲剧,写出了作家对平凡人生的思考。作家把家庭之外的爱情写得浪漫可爱,而家庭之内就只有平淡争吵,这种二元对立的婚姻爱情观,道尽了人生的苦难和不平凡的人间情感。近观电视剧《平凡的世界》,想起当年电影《人生》观后,浮想联翩,彻夜难眠,权借陕北民歌的曲调,兼叙事抒情的诗篇,亦歌亦诗,亦诗亦歌,可叹!

王宏印（朱墨）

2015 年 4 月 27 日

津南新居书房

附录二 双调信天游

1. 路遥传

路遥,路遥,生在陕北绥德清涧县;
那是1949年年末,一生伴你有苦难。

家道苦,养活难,九岁随父走延川;
王卫国,要上学,半灶生是个顶门的汉[①]。

馍分白、黄、黑,欧、亚、非人种三点点;
"儿在门外把书念,肚子饿成个扁片片。"

学校里出息了孙少平,平凡的世界不平凡;
掘出了黄土烧成个砖,百炼成钢是孙少安。

少平志高把工揽,百般苦难往肚里咽;
十八层地狱也要下,夺黑金奋战在大牙湾[②]。

亲兄弟怎能久居人下,一日飞腾进长安;
田晓霞临危赛儿男,滔滔洪水中把命断。

[①] 路遥是笔名,本名王卫国,自小过继给延川县他大伯,当地人把过继儿叫"顶门"。
[②] 小说中的孙少平最终去大牙湾煤矿当了工人,以路遥的弟弟王天乐为原型,但实际上,路遥的弟弟从煤矿进了西安,当了报社记者。

巧珍的痴，润叶的爱，女人的心思有人牵；
加林的情，少安的恋，走不出口外非好汉。

北京的婆姨，绥德的汉——
程远和路遥，生了个女儿叫路远。

谁知生命之灯将尽，离婚书上把字签[①]；
知我心者，谓我疼千金，不曾一悔释红颜。

柳青墓前哭一声，秉笔直书不负平生愿；
毛乌素大漠发誓言，书案就是砍头的案[②]。

熬干了，酸甜苦辣人生百味皆经验；
烧焦了，白被单上黑糊糊一堆成焦炭。

早晨从中午开始，复归于早晨八点；
惊心动魄的一幕，此生为黄土立传[③]。

2015年6月2日7:10

龙兴里床榻

---

① 程远是北京知青（本名林达），与路遥结婚，在路遥病危时离婚，携女儿路远回到北京（将女儿改名"路茗茗"）。
② 路遥曾去毛乌素大漠发誓，开始了《平凡的世界》的创作；关于创作，他比喻为是被杀，像猪一样被强按在案板上砍下头颅来。
③ 《惊心动魄的一幕》《平凡的世界》《人生》，都是路遥作品的名字。《早晨从中午开始》，透露了路遥长期中午起床开始写作的习惯，而路遥确实是1992年11月17日的早晨8点20分逝世的。

2. 人生的醒悟

　　　　上河里的鸭子下河里的鹅,
　　　　一对对毛眼眼照哥哥。

巧珍在田头望着高加林的背影
像望着一株成熟的高粱秆

好像你俩早已经是一家人了
自从那一天帮他把蒸馍卖完

　　　　煮了(那个)钱钱(哟)下了(那个)米,
　　　　大路上搂柴瞭一瞭你。

再一次瞭望那亲切的背影
希望他能转过身看我一眼

回忆那一晚二人躺在黑暗中
温热的呼吸都能听得见

　　　　清水水的玻璃隔着窗子照,
　　　　满口口白牙牙对着哥哥笑。

可高加林有自己的小九九
黄土里干一辈子,他不情愿

西北回响

自从进了县城,当了个记者小官
再不想见她,虽然他羞愧难言

  双扇扇的门(来哟)单扇扇地开,
  叫一声哥哥(哟)你快回来。

结果,不识字的你还是嫁给了马栓
那老实巴交的黝黑的庄稼汉

早知一辈子要这样认命地活着
还不如早早淡出那个人的视线

  (啊——,啊——)
  双扇扇的门(来哟)单扇扇地开,
  叫一声哥哥(哟)你快回来。
  你快回来,你快回来,
  你快回来(嗯——)。

2015 年 3 月 2 日
龙兴里寓所

3. 平凡的爱情

润叶：
  居住在县城的小学里
  眼巴巴地想着那村哩
  市井哲学难入你眼里
  政治婚姻不上你心哩

羊（啦）肚肚手巾（哟）三道道蓝，
咱们见个面面容易（哎呀）拉话话儿难。

少安：
  耕作在陕北的黄土里
  一心只想着吃白馍哩
  女教师情书嚼在口里
  想着一辈子种庄稼哩

一个在那山上（哟）一个在那沟，
咱们拉不上个话话儿（哎呀）就招一招手。

润叶：
  从宿舍逃到那郊野里
  被人情麻缠着吃饭哩
  弃了居家逃进自我里
  少安毋躁他请不来哩

瞭（啦）见那村村（哟）瞭不见那人，
我泪（格）蛋蛋抛在（哎呀）沙蒿蒿林，
我泪（格）蛋蛋抛在（哎呀）沙蒿蒿林。

少安：
  埋心上人的情愫在土里
  奔异乡人的家我心苦哩
  与陌生人拥抱在野地里
  娶个山西姑娘会酿醋哩

2015年3月3日
龙兴里寓所

附录三　蓝花花（诗剧）

Appendix 3　The Chinese Iris (a local opera)

　　蓝花花，又名马兰花、马蔺草、鸢尾花、蝴蝶花，用来做一个陕北美女的名字，可见这位姑娘，连同她的故事，如何凄美动人。马兰花不仅是我国西北名花，而且是法国国花，在希腊则有彩虹女神的美誉，使蓝花花享誉世界，不独为中国所有也。

——题记

故事梗概

　　20世纪30年代,中国陕西北部,烂柯庄,贫家女子蓝花花(其母来自内蒙古草原,遇荒年被卖),与父相依为命。蓝花花和山西骆驼客赵石城相爱,闹春热恋,献花姑后,不久流言四起,外乡人为当时乡里不容,被逐出,流落他乡。乡绅土豪周老爷趁机逼迫蓝花花嫁给周家的长工拦羊汉(傻子)。洞房花烛夜,蓝花花告诉拦羊汉,她已有身孕,拦羊汉愤而离开家门,本欲寻找骆驼客,旋即又返回,安慰心灵受伤的蓝花花,并答应帮她找回骆驼客。周老爷趁拦羊汉外出之际,前来调戏蓝花花,不从,乃恼羞成怒,把蓝花花怀孕一事,公之于众,并将她逐出周家门。蓝花花的父亲,羞愧难当,碰死在周家门口的石狮子上。蓝花花在拦羊汉的帮助下,远走他乡,寻找骆驼客,孩子小产于道上,蓝花花悲痛欲绝,掩埋了小小的生命,愈加坚定了寻找心上人的决心。一年后,骆驼客偷偷回到烂柯庄,寻找蓝花花,不遇,复又回到黄河边,终于找见了蓝花花。二人在关帝庙里起誓,生死相守,然后同渡黄河,去远方谋生。孤独的牧羊人,浪迹天涯,去了新疆,那片他心中的乐土。

附录三　蓝花花（诗剧）

剧中人

蓝花花（十六岁的陕北女子，人品相貌俱佳，远近闻名）
骆驼客（十八岁骆驼客赵石城，山西人，走南闯北，与蓝花花相爱）
拦羊汉（陕北傻小子，十二岁，周家长工，孤儿）
周老爷（陕北土豪，地方乡绅，人称"周扒皮"，年逾六旬，几室无后）
父亲（德成老汉，蓝花花的大，五十五岁的陕北农民，逢年馑卖妻，与女儿相依为命）

老艺人（伞头，闹春秧歌舞蹈的领头人）
丑角两个（跑旱船）
花姑子（献花姑）
男女演员若干（秧歌舞）
儿童演员若干（闹婚俗）
歌队合唱（众乡亲）
天籁之音（歌者）

序　歌

老祖先留下个人爱人

〔幕启，陕北高原，山丘相连，绵延不绝。高亢凄厉的信天游声音响起，一男一女，述说着人类的远古之爱，催人落泪，引人沉思，把我们带到主人公那感人的故事中。〕

男：六月的日头，腊月的风，
　　老祖先留下个人爱人。

女：三月里的桃花满山坡红，
　　世上的男人就爱女人。

男：天上的星星一对对，
　　人人心里都有个干妹妹。

女：上河里的鸭子，下河里的鹅，
　　一对对毛眼眼照哥哥。

合：一对对鸳鸯春水上漂，
　　人人都说咱们俩（个）好。

合：十五的月亮十六圆，
　　蓝花花的故事万代传！

附录三　蓝花花（诗剧）

第一幕　相　会

　　山西骆驼客赵石城走三边，进入陕北地界，遇到了烂柯庄上的蓝花花，二人一见钟情，暗中相会。与此同时，当地拦羊汉，人称"傻子"的牧童，也暗恋着漂亮的蓝花花，从一旁窥视她的行踪。

1. 一道道水来一道道川

〔清晨，天气晴朗，赵石城牵着骆驼，走出黄河滩，走进陕北地界；眼看着三边的新气象，憧憬着美好的明天，他壮志满怀，歌声高亢。〕

一道道的水来，一道道川，
赶上了骆驼，我走呀走三边。

去三边的大路上人马多，
赶上了骆驼，我要把那宝贝驮。

三边的宝贝，你可说得全？
二毛毛羊皮，甜甘甘草，还有
　那大青盐。

三边的好妹子，你可亲眼见过？
看一眼叫你饭也吃不下，觉也
　睡不着。

三边的风光实在是好！
一路上又唱山曲曲，又说笑。

唱的是一道道水来，一道道川，
我赶上了骆驼，直奔那三边。
　哎嘿！

（骆驼客）

2. 唱一声山曲曲解心宽

〔中午，烈日下，骆驼客赶着骆驼，走在漫长的黄河道上，拖着悠长的调子哼唱着。〕

背靠黄河，我面对着蓝天，
唱一声山曲曲解心宽。

东山的日头背到西山，
祖祖辈辈受穷实可怜。

今日个我牵上骆驼走三边，
山南海北我都要看一看。

天黑了还要把山曲曲唱，
唱得那满天星斗明晃晃。

山曲曲好像连根根草，
你想唱多少，它就有多少。

一路上山川连着山川，
一肚子山曲曲总也唱不完。

（骆驼客）

附录三 蓝花花（诗剧）

3. 牧童谣趣

〔村头，拦羊汉遇到了一早出门的蓝花花。花花姐叫她好生放羊，走自己的路。拦羊汉把手指伸进嘴里，打一声长长的尖厉的口哨。然后，赶着羊群走出村庄，诙谐地边舞边唱。〕

走，走，羊儿走，猫儿走，
放羊娃提着鞭儿走。
出了南门往北走，
一下走到了十字口。
十字口，没法走，
碰上了一条大黄狗。
捡起砖头打狗头，
砖头咬了我的手。
指头流血没啥擦，
青杨树上拍一把。
拍一把，哎，拍一把，
你猜出了个啥花花？
核桃枣子落地刷啦啦。
低头一看，怎么啦？
茄子地里长出个大南瓜。

这南瓜，实在大，
三套马车拉不下，
三岁娃娃抱回家。
三间房子盛不下，
切菜的板板刚摆下。
切草的铡刀杀不下，
三寸小刀咔嚓嚓。
哎，闭眼，然后再把你的眼
　睛大，
原来是，一个又红又大又沙又
　甜的
　　——大西瓜！

（拦羊汉）

4. 天上的明镜照我的脸

〔少女蓝花花一早来到河边打水，梳妆，以水为镜，青春靓丽，心情快乐无比。〕

清晨，我来到清水边，
天上的明镜照我的脸。
七仙女的梳妆台借给我看，
蓝花花心里好喜欢。

松开我的辫子，看什么看？
水中的鱼儿成双成对地玩。
鱼儿，鱼儿，你好安闲，
你可知道花儿姐心忧烦？

山西来了个骆驼客，
模样俊俏，人不错。
鱼儿，鱼儿你说该咋办？
掐指一算，今日整五天。

投个石子到水中央，
驱散了鱼儿我心更慌。
晚间我大不让我出门，
困在家里我能做甚？

（蓝花花）

5. 马兰花开天地香

〔春风里，日偏西，赵石城赶着骆驼在路上。他爱上了烂柯庄的蓝花花，紧赶慢赶要会他心上的姑娘。〕

正月正，三月三，
我赶着骆驼走三边。
三边的妹子实在是好，
看上一眼，你就走不了，走不了。

白格生生的脸脸花卜梭梭的眼，
蓝花花的美貌赛过了天仙。
人常说，马兰花开遍地香，
如今蓝花花的名声震天响。

鹁鸽飞天边，要喝那泉子的水，
一十三省的妹子哟，我挑下一个你。
你是哥哥的贴心人，贴心人，
哪怕相隔千万里，千万里。

马兰花开根连着根，
交朋友要交个心连心。
哥哥心里有你蓝花花哟，
与妹妹相会在黄昏，在黄昏。

（骆驼客）

6. 牵骆驼的哥哥回来了

〔日近黄昏,蓝花花提着菜篮篮,溜出了窑洞来到大路边,等待他的心上人,牵骆驼的山西人赵石城。〕

太阳西斜,一垴畔畔儿高,
蓝花花我心里好心焦。
牵骆驼的哥哥出门七天了,
蓝花花我直奔大路口,把他瞭。

蓝花花我直奔大路口,把他瞭,
我的牵骆驼的哥哥有七尺高。
脚蹬一双厚实的大麻鞋,
白生生的羊肚子手巾儿头上罩。

白生生的羊肚子手巾儿头上罩,
牵骆驼的哥哥他冲我憨憨笑;
一十三省的婆姨女子他都不爱,
单和我蓝花花来相好。

单和我蓝花花来相好,
蓝花花我急急地奔大道;
耳听得哥哥他把山曲曲儿唱,
牵骆驼的哥哥他回来了。

(蓝花花)

7. 人群里我是一只羊

〔晚上，满天星斗。拦羊汉赶羊入栏，收拾圈里所有的活计，还没有吃饭，他又饥又冷，苦恼地独自唱着。〕

人群里我是一只羊，
来到这虎狼的世界上。
狼群赶着羊儿跑——
哎呀呀，要把人儿赶哪方？
哎呀呀，要把人儿赶哪方？

白日里，看见人赶羊，
到夜里提防狼吃羊。
一年到头苦不到头啊，
哎呀呀，端起碗来泪汪汪，
哎呀呀，三九寒天没衣裳。

〔抱起一只咩咩叫的小羊羔，伸手抚摸着它。〕

羊儿咩咩叫亲娘，
赶羊人的爹娘在何方？
自幼在周家熬长活，
哎呀呀，拦羊汉的日子好凄凉，
哎呀呀，拦羊汉的日子好凄凉！

白天抱着羔羊儿上山岗，
晚上抱着羔羊儿睡一旁。
羊羔羔还有个吃奶的娘呀——
哎呀呀，哪个和我一个样？
哎呀呀，哪个和我一个样？

（拦羊汉）

附录三　蓝花花（诗剧）

第二幕　闹　春

　　一年之计在于春。陕北腹地，春节正是闹春的好时机。男女老少聚集在一起，组成秧歌队，跑旱船，打腰鼓，好不热闹。年轻的外乡人赵石城也参加了打腰鼓的队伍，并有出色的表演。漂亮的蓝花花扮演了划船的女子，继而扮演了花大姐，即花神。她的俊美相貌和出色的表演令骆驼客倾倒。他在祭神献花的过程中，表达了自己良好的愿望。这一合法的举动，振奋了不少年轻人，但也引起了乡邻的非议。

8. 闹秧歌

〔秧歌是集体舞蹈，伴随着锣鼓。这里有开场锣鼓的意思，也有打场子的意思。〕

春雷一声天地动，
瑞雪飘飘灯笼红；
鞭炮声声除旧岁，
新春的秧歌闹起来，
（哎嗨，一呀嗨）
新春的秧歌闹起来！

男女老少一起来，
秧歌队伍好气派；
锣鼓咚咚人欢笑
歌声笑声分不开，
（哎嗨，一呀嗨）
歌声笑声分不开！

新春张灯又结彩，
场面就像花之海；
红绿纱灯挂两台，
松柏常青两边栽，
（哎嗨，一呀嗨）
一声炮响，彩门开，
你把咱的秧歌队迎进来！

（集体秧歌）

9. 跑旱船

〔跑旱船的是丑角。第一个老头是少年装的，所以说是假的。第二个婆姨是男子装的，所以说也是假的。他们起着闹场子的作用，为后面的精彩出场做铺垫。〕

太阳一出来这么样样高，
照见那个老头呀过呀过来了。
头上戴着一顶遮雨的大草帽，
身上穿着一件羊毛烂皮袄，
嘴角的两绺胡子呀——
胡子呀，胡子呀两头翘，翘翘！
（奴得儿吊得吊得吊得儿一吊吊吊）
看清楚了吧，看清楚了吧，
那可是一个假的哟！

月亮一出来这么样样高，
照的那个妻儿呀过呀过来了。
头上戴着一蓬盛开的牡丹花，
身上穿着一件红绸子小棉袄，
脸蛋上的两片胭脂呀——
胭脂呀，胭脂呀红妖妖，妖妖！
（奴得儿吊得吊得吊得儿一吊吊吊）
看清楚了吧，看清楚了吧，
那可是一个假的哟！

（男女丑角）

附录三 蓝花花(诗剧)

10. 打腰鼓

〔打腰鼓是集体活动,但有领头的。赵石城偶然路过,加入进来,却有出色的表演,所以逐渐成为主角,惹人注目。〕

咚咚以咚咚,咚咚以咚咚
咚咚以咚咚,咚咚以咚咚
咚咚以咚咚,咚咚以咚咚
咚咚以咚咚,咚咚以咚咚

天朗朗,地黄黄,
我大生我要吃粮。
生就的骨头造就的胆,
打起腰鼓我送吉祥!

打起腰鼓送吉祥,
打得那满山糜谷香,
打得那沟里牛羊壮,
打得那河水哗哗淌。

打腰鼓,送吉祥!
打得那后生俊模样,
打得那妹子进洞房,
打得那小日子暖洋洋。

打腰鼓,送吉祥,
打得那老人家笑弯了腰,
打得那娃娃们满院子跑,
打得那日子红火大家忙!

月弯弯,星亮亮,
我娘教我要强壮。
拉骆驼的汉子赶骡子的客,
打起腰鼓我给乡亲们送吉祥!
送吉祥!

咚咚以咚咚,咚咚以咚咚
咚咚以咚咚,咚咚以咚咚
咚咚以咚咚,咚咚以咚咚
咚咚以咚咚,咚咚以咚咚

(骆驼客)

11. 船　歌

〔船歌是女子划船，前边有一男子引导，边舞边唱。划船的蓝花花浓妆艳抹，打扮得分外妖娆。她的动作也是夸张的，戏剧般走圆场的碎步，赢得了满场的喝彩。引导者是一位老艺人，鹤发童颜，身手矫健。〕

唱：雪里梅花遍地开，
　　东风吹起祥云来。
　　春暖花开雪化水——
　　哗啦啦，闪出一只水船来！

白：水船好像那翠华宫，
　　俊俏的女子坐宫中。
　　水灵灵的毛眼睛弯眉毛，
　　红丹丹的口唇赛樱桃。

　　黑油油的发辫梳了个俏，
　　头上的花儿红殷殷的跳；
　　白格生生的脸蛋粉嘟嘟，
　　抿嘴儿一笑把你的魂儿勾。

　　元宵良夜灯笼红，
　　摇船的大姐满面春风。
　　船儿轻盈就像那水上漂，
　　贵妃飞燕她比不了。

　　水上漂，风摆柳，
　　行船就像平地走。
　　你猜那人她是谁？
　　蓝花花她模样生得秀。

　　蓝花花，生得秀，
　　年轻的人儿正风流。
　　一十三省名气大，
　　陕北出了个蓝花花。
合：陕北出了个蓝花花！

唱：青线线那个蓝线线，
　　蓝格莹莹的彩；
　　出了一个蓝花花，
　　实实地爱死个人！
　　　　　　　（老艺人）

附录三　蓝花花（诗剧）

12. 献花姑

〔献花姑活动由两个典故合成：一个是《聊斋志异》中的陕西贡生（剧中猎户）和天上下凡的花姑子相爱成为夫妻的故事。一个是浙江温州织绣名家高机和才女吴三春二人在花轿内外双双殉情，升天成花轿神，保护新婚男女一路平安的故事。最后一部分是集体献祭戴花的场面，有婚礼节庆氛围。〕

一

花大姐，坐华宫
满面春风笑盈盈。
你是天仙下人间，
花中仙子不平凡。

花姑子，戴鹿冠，
身披獐皮真好看。
人间自有真情在，
放生的猎手把你爱。

花姑子，好面善，
喜不过花儿与少年；
献上猎物祭山神，
保佑山川丰盈人平安。

二

正月正，三月三，
三春织绣在龙泉。
南来的高机定终身，
谁料出奔遭刑陷。

父逼三春把婚成，
高机追轿在途中；
一把剪刀两条命，
双双殉情留美名。

从此化身护轿的神，
双双飞舞在花轿边。
护佑有情人成眷眷，
幸福的生活乐无边。

三

〔赵石城一马当先，拉开架势，做大幅度的腰部动作，然后上前行戴花礼。〕

好好地拧，嘿！
好好地筛，嘿！
把你的精神抖起来，
健步上前，把神仙拜！

天上花姑喜开颜，
人间男女乐翻天。
天上人间同一春，
牛郎织女结姻缘！

（骆驼客）

13. 瑶池歌舞

〔瑶池歌舞是收场的集体欢呼场面。是对蓝花花和赵石城表演的一种群体呼应,同时也是花神习俗和祭祀仪式上所要求的。二人的关系当然是虚拟的,象征性的。歌词的内容,上阕表示祈福丰年,下阕表示美好祝愿。〕

火树银花不夜天,
瑶池歌舞落人间;
九曲黄河十八道弯,
风调雨顺祈丰年!

打完腰鼓跑旱船,
婆姨后生闹翻天!
天下有情人成眷属,
幸福的日子万万年!

(合唱歌舞)

14. 一圪嘟秧歌儿满沟转

〔这是一个过场戏,有点闹剧的意思,由孩子们来表演。在功能上,也具有闹婚礼的意思,所以起了预表的作用。〕

一圪嘟葱,一圪嘟蒜,
一圪嘟婆姨一圪嘟汉。
一圪嘟秧歌儿满沟转,
一圪嘟娃娃就撵上看。

看不够,看不惯,
看不惯婆姨嫁了个汉。
今日娃娃闹洞房,
明日女子当新娘!

(儿童歌舞)

第三幕 爱 慕

  蓝花花自幼没有了母亲,父女二人相依为命,贫困度日。闹春之后,骆驼客和蓝花花藕断丝连,二人在高粱地里私定终身,山盟海誓。然后,骆驼客上路,蓝花花送行,爱意绵绵。蓝花花欲招骆驼客做上门女婿,但父亲主张她嫁给本地人,觉得外乡人漂泊无定根。年少的拦羊汉也暗恋着蓝花花,但他把骆驼客的事,报给了周老爷。

15. 咱庄户人就得图个安分

〔阴天，刮风，起沙尘。午后，烂柯庄，村头土窑里，德成老汉打开门，朝外看了看，又退回院子里。〕

横天的风，竖天的云，
黄沙风尘封住了门。

如今的庄户人不安分，
牵上个骡子就出了家门。

想当年，老天爷早死个人，
我卖老婆也不离家门。

只苦了花花娃，我的独苗苗，
她要是个小子，就能顶门。

大：花花，你在哪？你去给大拿烟袋来。
　　这黑黑的窑洞里，看不清个甚。

女：大，我在找一件旧棉袄。你老就一百个放宽心，
　　我的事儿，我自己心里得有个人。

大：哎，女儿大了，大的话，也听不进呢。
　　咱庄户人，就得图个安分。（咳嗽声）

女：哎，晓得了。

（父女二人）

16. 我是一棵蓝花花草

〔风和日丽。蓝花花坐在院子里,葫芦架下,打开针线盒,缝补一件破棉袄。〕

白:前几日看见小傻瓜,他的衣服开了花。我找一件旧衣服补补,给他穿。唉,没爹没妈,怪可怜的。

我是一棵蓝花花草,
人人都说我长得好。
十里八乡的好后生,
赶前随后叫我不安生。

我爹是个死脑子,
我娘早早的就没了。
人人都瞅着我蓝花花好,
是好是歹只有天知晓。

夜儿格来了个骆驼客,他
人模人样,心里倒实诚。
他约我去崖下的高粱地,
说是有事要和我说哩——

白:啥事吗?搞得又诡又神秘!

(蓝花花)

17. 妹子你就是一朵花

〔秋高气爽,圆月挂中天。骆驼客和蓝花花依偎在高粱地里。他双手捧着姑娘如玉似月的脸,深情地、轻声地唱着。〕

圆圆的月儿挂在天上,
甜甜的心尖儿捧在手上;
受苦人奔忙在黄土地上,
难得有消闲的好时光。

抬头望着天上的月亮,
心头有多少话儿要讲:
"妹子你就是一朵花,
迷住了哥哥,我回不了家!"

〔掏出一只粗玉镯子,给蓝花花戴上〕

蓝花花,我的好妹子,
你心里不要掉坠子。
骆驼上坡一劲子,
哥会爱妹一辈子。

圆圆的月儿挂在天上,
甜甜的心尖儿捧在手上。
蓝花花贴在哥哥的胸膛上,
哥哥我,今日要死在你身上。

(骆驼客)

18. 骆驼哥,你把宽心放

〔蓝花花依偎在小伙子的怀中,充满了幸福感,但心中也不无矛盾和担心。〕

圆圆的月儿挂在天上,
甜甜的心里敲着鼓响;
哪个妙龄女子不怀春?
蓝花花渴望着心爱的人。

抬头望见天上的月亮,
蓝花花心头好凄凉。
自古到今多少负心郎,
好话讲得赛蜜糖。

〔蓝花花站起来,指着村头家的方向。〕

骆驼哥,你把宽心放,
蓝花花心里有主张。
我大把女儿拉扯大,
女儿要走他心悲伤。

骆驼哥,你上路吧,
千里万里,心里不要凉。
不要学那天上的月,
初一十五,它不一样。

（蓝花花）

19. 哥哥你带我去远方

〔半月后。蓝河边,石桥上,二人望着桥下清清的河水。蓝花花心里想着远方。〕

正月里冰冻(哟)一春消,
二月里河中的鱼儿水上(哟)漂。
远方的哥哥你终于回来了,
我要你带我去远方,你知道不知道,
你知道不知道,哥哥哟!

五月里来(哟)麦梢梢黄,
六月的鲜桃(哟)哥哥你先尝,你先尝。
尝了我的鲜桃,赶了我的麦场,
我要你带我去远方,你知道不知道,
你知道不知道,哥哥哟!

（蓝花花）

20. 百灵子过河沉不到个底

〔赵石城心事重重，漂泊的生活中，自从认识了蓝花花，让他有了牵挂，有了归属感。〕

妹妹哟，你听着，
日落西山羊上圈，
黑豆半碗米半碗。
再苦的日子在家里，
再香的饭菜在家里，
百灵子过河沉不到个底。

芦花公鸡飞过墙，
妹妹的影子照过墚。
山又高来水又长，水又长，
爱人在哪里，哪里就是我家乡。
风尘不动树梢梢摆，树梢梢摆，
千里万里哥哥要回来，要回来。

（骆驼客）

21. 远行的骆驼

〔黎明，北斗星明灭可见。骆驼队即将启程，蓝花花等在大门口，把几个煮熟的鸡蛋塞给赵石城。〕

天边吹来了西乃子风，
我的骆驼哥哥又要远行。
一片片黄沙投影在天空，
骆驼哥你带走了我的梦。

在一个温暖的日子里，
骆驼客走进了我少女的心。
我的心原是一片沙漠呀，
你走进，它变成了沙蒿蒿林。

如今你又要离我去远行，
一声声驼铃响，催人的命。
拉着哥哥的手不丢，"一路要保重，
我盼你早早转回来把亲成。"

（蓝花花）

22. 我心里有爱不敢讲

〔黄河岸边,山坡坡上,徘徊着放羊娃的脚步。〕

黄河岸上灵芝草,
蓝花花姐姐她样样好。

眉眼清秀心眼儿好,
说话和气脾性好。

缝缝补补怕我冻着了,
给我个菜团子让我吃饱。

我有心爱她不敢讲,
只能对我的羊儿唱:

〔他坐在一块大石头上,望着奔向远方的河水。〕

羊儿啊,你们围过来,
听我把心里话唱一唱。

世上的男人爱女人,
就像公羊爱母羊。

生了个羊羔会吃奶,
"咩咩"地叫,真可爱。

白:我拦羊汉,是个粗人,打小时候没了父母,成了孤儿,多亏了周老爷收养!我什么事儿也不能瞒着他。近日来了个拉骆驼的,几次去找花花姐,我且去打探一下,有什么动静?然后报告给我家周老爷,看他有什么说法。

(拦羊汉)

第四幕 乡 怨

蓝花花爱上了骆驼客,父亲不同意,但又不能隔断。由于狭隘的地方观念,乡绅周老爷率众赶走外乡人,二人被迫分离。在思念的过程中,蓝花花感觉有了身孕。但骆驼客远在天边,并不知晓。乡愿,乡怨,棒打鸳鸯,有情人天各一方,苦苦相恋。

23. 绣荷包

〔月光下,蓝花花在偷偷地绣荷包,作为思念亲人的一种寄托,同时也是一种信物,要传递给骆驼客,坚定他爱情的信念,盼望心上人早点回来。〕

初一到十五,
十五的月儿高;
那春风摆动
杨呀么杨柳梢。

三月桃花开,
哥哥他捎信来,
捎书书带信信,
要一个荷包袋。

五月里百花开,
蓝花花心徘徊,
青线线那个蓝线线,
绣我的荷包袋。

一绣山丹丹,
花开红艳艳;
妹妹就是那山丹丹,
爱着哥哥的心一片。

二绣蓝花花草,
幽幽地在山凹;
一日承朝露,
那感觉分外好!

三绣梅枝上,
喜鹊喳喳叫。
叫一声我的情哥哥,
你几时回来了?

四绣一只船,
船上张着帆。
一阵风儿吹,
吹我到哥身边。

五绣鸳鸯鸟,
栖息在河边。
你依依我靠靠,
永远不分开!

哥哥你正年轻,
妹妹我花初开。
收到这荷包袋,
哥你要早回来!

(蓝花花)

24. 你听大把话说分明

〔德成老汉风闻女儿和骆驼客的事,他趁机把此话提起。父亲走坡坡田赶牛耕地,女儿跟在后面撒种子。二人时走时停,比比划划。〕

花儿呀,娃儿呀,你听大把话说分明:
骆驼客是个好后生,是个好后生,
可他的行踪太不定,太不定。

你们一个在那山上,一个在那沟,
拉不上那个话话儿,空空地招一招手。
招完了手,他一拍屁股还是个走。

走到哪年哪月是个头?是个头?
走遍了三边,下了四川,再走西口。
哪年哪月才能攒足了盘缠凑个数。

〔收工回家,来到家门口。〕

他要是不进咱家的门,就不是咱家的人。
后生们的心里野着呢,你哪里看得准?
还是老老实实找一个庄户人,早早地成个亲。
——叫你大我放心。

(父亲)

25. 我铁铁地跟定了拉骆驼的人

〔进门，赌气地关上院子门。〕

大呀，你听着，我的决心要给你说：
我铁铁地跟定了拉骆驼的人，我的骆驼客。
任她媒婆上门怎么说，我只当没听着。

外乡人，他怎么啦，怎么啦？
你说他没根底，他可是老实巴交的人。
他家在山西，和陕西是秦晋，多亲近！

他说咱家没儿子，可以倒插门，
进了门可不就是一家人？
还能不管您这个老父亲，大，您说呢？
您倒是说啊！大。

（蓝花花）

附录三　蓝花花（诗剧）

26. 你可知道咱烂柯庄的事

〔村头广场，大榆树下，周老爷风闻蓝花花的事，便召集众乡亲，捉拿赵石城，并当面训斥他。〕

众乡亲，拉骆驼的外乡人，好后生，
竖起你的耳朵，把咱烂柯庄的事儿，听一听。
祖上说法，华山顶上有个观棋亭，
神仙下棋，一个时晌顶得了百年光景。

话说呢，穷后生王柯上山去打柴，
只顾观棋，忘了按时回转来。
松树下的斧柄烂，庄子变，不相识。
"烂柯庄"的名字，就从这里来。

咱烂柯庄，可是个仁义之乡啊！
民风正，人心稳，容不得他想。
如今你和蓝花花，做下的好事，
天不容，地不收，你如何辩强？

莫要怪周老爷，我，心毒手辣，
莫要怪众乡亲，情面也不讲。
想一想你二人做下的孽障，
驱逐是轻的，要不，你来钻裤裆？

白：来人呀！将这外乡人骆驼客，逐出烂柯庄，永世不得回来与蓝花花相见。

（周老爷）

〔赵石城以理相抗争，说明他们二人是有爱情的，周老爷不以为然，冷笑着戏弄他。〕

27. 洞房花烛叫你弄不成

白：哼，爱情，哈爱情？让我说给你听听。

> 公鸡母鸡讲爱情，
> 叽叽咕咕乱骚情。
>
> 雄猫雌猫讲爱情，
> 深更半夜放吼声。
>
> 长虫蜈蚣讲爱情，
> 绞在一起像拧绳。
>
> 老虎豹子讲爱情，
> 搅得山林不安宁。
>
> 后生婆姨讲爱情，
> 高粱地里有动静。
>
> 山西陕西讲爱情，
> 坏了我庄子好名声。
>
> 赵石城，赵石城，
> 洞房花烛叫你弄不成！
> 　　　　　（周老爷）

28. 乡怨,乡亲

〔蓝花花听言如五雷轰顶,她不愿求周老爷,便向四邻五舍求取同情。〕

大爷大娘乡里又乡亲,
你们可都是明白事理的人。
眼看蓝花花我爱上了骆驼客,
你们却说他是外乡人,外乡人。
把他逐出了家门,出了家门!

外乡人,外乡人,外乡人有啥不好的?
外乡人他走南闯北见多识广有雄心。
难道一辈子守在家里不出门,做个守家奴,
窝囊受气,寄人篱下,才是有出息?
外乡人有什么不好的,不好的?

大爷大娘乡里又乡亲,
你们都是我蓝花花的大恩人。
我从小没了娘,我大把我拉扯大。
乡亲们没有少帮忙,少操心。
缘何我的婚姻大事,却不能称心?

求求你们,大爷大娘大伯大姐们,
就让我做一回主,就这一回吧!
我在这里给诸位磕头了——
求求你们高抬贵手放过我们吧!
我和我的骆驼哥给大家磕头了!

(蓝花花)

29. 送情郎

〔长城外,古道边,骆驼客被迫上路,蓝花花抗命相送。二人情意绵绵,死活不愿意分手,但又无奈。人间最是那生离死别,也不知还能否再相见。〕

送情郎,送在大门外,
妹妹我解下一个荷包来,
送给我的骆驼哥哥戴。
哥哥你想起妹妹来,
看一眼,看一眼荷包呀,
妹妹就在你心怀。

送情郎,送在崖畔上,
羊肚子手巾包冰糖。
哥哥你从早到晚走四方,
蓝花花在心里永不忘。
骆驼哥你真是好心肠,
口含着冰糖我泪汪汪。

送情郎,送在蓝河桥,
手扳栏杆往下照:
你看那风吹水流,影影摇,
你在我的怀抱,
我在你的怀抱,
咱二人生生死死在一道。

送情郎,送在柳树墩,
折把柳枝送情人。
古人伤别在灞柳,
今日妹妹把哥留。
留住你的心,
留住你的身,
妹妹永远是哥哥的人,
妹妹永远是哥哥的人,
妹妹永远是哥哥的人!

(蓝花花)

附录三 蓝花花（诗剧）

30. 我的心上人你可安好？

〔三个月后。深夜，中天月圆。赵石城身在西北遥远的客栈，遥想被迫离别的陕北姑娘，心思绵长。〕

圆圆的月儿挂在天上，
骆驼客流浪在沙漠上；
白日里烈日晒，如火烧烤，
夜里头寒气侵骨，鬼哭狼嚎。

抬头望见天上明月如初，
是岁月从春天熬到了秋；
我的心上人你可安好？
想起我的蓝花花，我把心揪。

自从那一日我被驱逐，
走天涯，直落得孤旅穷途。
无颜见父老面，不敢回家，
无钱财把你娶回家，我灰不塌塌。

有朝一日，我混出了头，
我便要回烂柯庄把你接。
到那时夫妻恩爱得团圆，
就像这圆圆的月亮挂中天。

（骆驼客）

31. 你一去无音讯我好不凄惶

〔深夜，中天月圆。蓝花花登高望远，想起旧日恩爱，如今却天各一方，感慨连连。〕

圆圆的月儿挂在天上，
苦苦地等待，甜甜地思想；
亲爱的骆驼哥，你在哪方？
想死了我的蓝花花姑娘！

圆圆的月儿挂在天上，
哥哥你挂在蓝花花的心上；
走西口，你如今到了何方？
你可知道蓝花花受的凄惶？

圆圆的月儿挂在天上，
圆圆的肚子，牵着心和肠。
你可知道咱的娃在偷偷地生长？
每日里我提心吊胆，风刀剑霜？

圆圆的月儿挂在天上，
你没说你是个硬心肠？
你一去无音讯我好不凄惶，
蓝花花死活也不断此念想。

（蓝花花）

第五幕　逼　婚

　　蓝花花的肚子一天天明显,再也不能隐瞒,无能的老父亲求助于周老爷。周老爷做主把蓝花花嫁给傻子拦羊汉,以便借机接近蓝花花。因为周家虽有几房太太,但一直没有后代。周老爷年逾六旬,能不能再生育,这是一个严重的问题。

32. 五哥放羊

〔午后,拦羊汉放羊在山坡。唱着这首传统的放羊歌,他把自己当作五哥了。〕

正月里,正月正,
正月十五挂上红灯。
风吹灯笼骨碌碌转,
五哥放羊我上了山。

六月里,二十三,
五哥放羊去了草滩。
身披蓑衣,手里提着鞭,
两块地瓜我吃一天。

九月里,秋风凉,
五哥放羊没有衣裳。
花花姐有件小袄袄,
补了补领口给我穿上。

十一月,三九天,
五哥放羊在河川。
天寒地冻刺骨的寒,
怀抱着小羊羔我取取暖。

十二月,整一年,
五哥放羊把账算。
周老爷瞪眼算珠子圆:
"你不想干,滚蛋!"

正月正,三月三,
五哥放羊盼春天。
有朝一日天睁眼,天睁眼哪,
咱拦羊汉也怀抱个婆姨过个年!

(拦羊汉)

33. 十七八的女子一朵花

〔天擦黑，天气阴沉。周老爷独自在偌大的院子里沉吟。望见拦羊回来的小傻瓜，他心生一计，要把蓝花花嫁给拦羊汉。〕

十七八的女子一朵花，
人人见了人人夸。
夸她是人间好奇葩，
万紫千红比不过她。

十七八的女子一篮菜，
人人见了人人爱。
爱不够的是青苗苗菜，
万贯家产，不如她可爱。

周老爷我年过六旬无有后，
娶了几房太太争风又吃醋，
就是不见动静，哎呀呀，
莫不是我人老了，不中用？

一朵花，眼见得在那牛粪上插，
一篮青菜，拱手让给了拦羊娃。

白：傻瓜，他不还是个娃娃么？！

只要她进了周家的门，蓝花花，
哼，就不愁没有机会接近她！

（周老爷）

34. 女儿歌

〔清晨，蓝花花来到蓝河边打水。父亲给她提亲，说是周老爷的意思。她思前想后执意不肯。思念母亲，又念及女儿家的身世，感慨人生艰难，泪如雨下。〕

六里黄河冰不化，
扭着我成亲是我大。
背后的万恶人是周家，
赶走了我的骆驼哥，我好恨他，
我好恨他，我好恨他！

六月里黄河冰不化，
想起我的娘眼泪哗哗；
那一年遭年馑，天不活人，
为活命我的大卖了我的妈。
我好恨他，我好恨他！

五谷里数不过豌豆豆圆，
人里头数不过女儿可怜。
我要去寻我妈不愿出嫁，
嫁给谁也不能嫁给周家。
我好恨他，我好恨他！

（蓝花花）

35. 你不嫁人谁嫁人

〔关了门的院子里,父亲追打女儿蓝花花,一面大声数落她。〕

天上打雷,地上就要死人,
天不下雨,庄稼地里愁煞人;
天下的男人,要娶女人要结婚,
女子大了,你不嫁人谁嫁人?

你和那拉骆驼的相好,可他是外乡人,
烂柯庄的乡亲在心里不相认,不相认。
周老爷为了乡邻和乡规——
赶走了外乡人,要你嫁给本乡人。

女长大了,你不嫁人谁嫁人?
肚子大了,你不出门也要出门。
传出去了,你的大我还不羞死个人?
快快嫁了出去,明日你就要进周家的门。

(父亲)

36. 昨夜里梦见鬼叫门

〔不知道是周老爷给拦羊汉透露了什么消息,还是拦羊汉发自潜意识的思念,他着了魔一般地想念蓝花花。但他明知道姐姐对他的好,也猜得出姐姐的心上人,他的爱只能被压抑在萌芽中,也不知道什么时候就突然爆发出来。〕

你给谁纳的那个牛鼻鼻鞋,
姐姐的心思我猜得出来。
我的羊栏门被那牛撞坏,
麻棍棍才顶住风又刮开。

昨夜里梦见个鬼叫门,
乍醒来见是个画人人。
画人人本是那天上的仙人哪,
人世间难活不过人想人哪。

今晨出门,往南山沟(哟),
撞见了姐姐在大门口(哟)。
有心唤你,我低下了头,
扬一把黄土风刮走(哟)。

你在山来我在那沟,
拉不上话话就招一招手。
捞不成捞饭熬成个粥,
做不成夫妻咱交朋友。

(拦羊汉)

37. 听姐姐我给你说根苗

〔洞房夜,灯如豆。蓝花花阻止了拦羊汉的冲动,含泪讲了自己的心思。〕

鸡蛋壳壳点灯半炕炕明,
世上事,只怕有理说不清。

你不要急来不要躁,
听姐姐我给你说根苗。

山西来了个骆驼客,
他和姐姐是相好。

我二人私下里定了终身,
黄河水倒流不离分。

如今你姐姐我有了身孕,
姐不能再和你相爱相亲。

傻弟弟你把姐来原谅,
姐给你烧火做饭缝衣裳。

待到有朝一日天睁眼,
有情人再拜天地成婚缘。

〔拦羊汉一时难以接受,他冲动地冲出房门,消失在黑漆漆的夜色中。〕

唉,痴心的女子忘情汉,
要做个女人是难上难!

(蓝花花)

附录三　蓝花花（诗剧）

38. 一疙瘩冰糖化冰水

〔几天后，后半夜。周老爷趁机摸进来，蓝花花被惊醒。他调戏不成，恼羞成怒，终于再次动了杀机。他要把蓝花花赶出周家，不许她再回来。〕

　　一疙瘩冰糖化冰水，
　　一夜的好梦一风吹。
　　一脸的羞臊，见不了人。
　　一世的悔恨，说给了谁？

　白：唉，可惜了我周家一大院的家产呐，无人来承继！奈何！

　　只说是十七八的女子一朵花，
　　蓝花花啊，她是一株刺玫瑰把手扎。
　　两班子吹来，三班子打，嗯，是我，
　　白白地把她迎进了周家。

　　进门容易，出门可就难，
　　烂柯庄还是我姓周的说了算。
　　敲锣召集众乡亲，"大家看，
　　不孝不贞不洁的女子，该怎么办？"

　白：来呀，众乡亲，
　　　把这女子赶出烂柯庄，
　　　叫她永远不得回来！

　　　　　　　　　　（周老爷）

39. 天上打雷，地上要死人

〔周家大门前，眼见周老爷赶出蓝花花，她大羞愧难当，当众斥责女儿。〕

天上打雷，地上就要死人，
天不下雨，庄稼地里愁煞人；
天下的男人要娶女人再生个人，
女子大了要生娃子传后人。

拦羊汉，他再傻也是本村人，
周老爷，一方诸侯乡里又乡亲。
是我求他，叫你进了周家门，
你不安顺，叫我无脸咋做人？

天上打雷，地上保准要死人，
丑事传出来，叫我无脸再见人。
我一头碰死在周家门前的石墩墩，
告诉你那娘老子，在阴间她也要活人。

（父亲）

〔父亲碰死在周家门前的石狮子上。他至死也没有忘记他那愚蠢的活人原则。〕

附录三　蓝花花（诗剧）

40. 大啊，大，你好糊涂，好命苦

〔突如其来的打击，太沉重，蓝花花扑倒在父亲的遗体上，泣不成声。她恨自己给父亲招来了杀身之祸，更恨周家是杀人的刑场！〕

　　大啊，大，你好糊涂，好命苦！
　　你为何一定要轻生，又不是你的错！
　　你错在一辈子太软弱，太软弱！
　　哪一刻你能挺起腰杆为自己活，自己活！

　　大啊，大，你好糊涂，好可怜！
　　你为何一定要轻生，是谁要了你的命？
　　都是女儿不好，大的话从未放在心里面。
　　是女儿连累了你，让大在乡亲面前丢了脸！

　　大啊，大，你好糊涂哦，你放心地走吧！
　　周家是死气沉沉的坟，暗把杀气藏。
　　周家的狮子，是吃人肉喝人血的狼！

　　大啊，你放心地走吧，
　　我要去寻我的情哥哥，
　　我要去找我的娘！

　　　　　　　　　　　　（蓝花花）

41. 我盼骆驼哥快回来算清账

〔终日徘徊在黄河滩上,拦羊汉终于平静下来。他长大了。他要对远方的骆驼客说话,希望他早日回来,和蓝花花结为夫妻,团圆美满。〕

天下的穷人是一家,骆驼哥,
不知你离开家,去了何方?
你可知道,花花姐受的凄惶,
自从你遭毒打,被逐出了烂柯庄。

那一天花花姐要随你远走他乡,
他的大,打死她,也不把话放。
周老爷危难时,自作了主张,
让我把蓝花花娶来,入了洞房。

洞房里,花花姐她把真话讲,
赶羊人听罢言,悔青了肠。
只当我心里头把蓝花花爱,
谁知她一片心只为你骆驼郎。

骆驼哥你听为弟我把心里话讲,
我盼你快回来,回来算清账。
你要和花花姐结为夫妻,把荣华享,
天底下你们俩才是好夫妻不枉了一场。

(拦羊汉)

附录三　蓝花花（诗剧）

42. 这世界是年轻人的地方

〔黄昏，周家大门口，周老爷一个人慢慢地踱步，然后呆呆地站着，不说话。〕

烂柯庄唉，烂柯庄，
世界要变了，你该向何方？

山背后的日子有多长，
谁也说不上，说不上！

过了这个村，没有了那个庄，
烂柯庄的事情，跟过去不一样。

这世界是年轻人的地方，
老年人就像那西落的太阳。

回首那往日的事，
两眼泪汪汪，实堪伤。

有权有势，有田庄，
那又能怎样？柯烂了，心发慌。

交不出的利，给不出的爱，
唉，人生活到此，甚荒唐。

白：德成老汉走了。蓝花花走了。拦羊汉也走了。大伙都走了。周老爷我独自站在周家大门口。我太失落了，太无助了，太孤独了！

（周老爷）

第六幕　追　寻

　　蓝花花离开了周家，父亲也死了，她拖着身孕，艰难度日。她决定出门寻找骆驼客，拦羊汉暗中保护她。颠沛流离在路上，孩子还是流产了。蓝花花悲痛欲绝，哭天喊地，声震寰宇。此时，骆驼客偷偷跑回烂柯庄，寻找蓝花花不遇，乃沿路追寻而去。

43. 天老爷杀人不用刀

〔黄河岸边，倾盆大雨，浊流翻滚。流产的蓝花花卧在泥水里，怀抱着血糊糊的一团骨肉，不愿放弃，她哭天喊地，咒煞天地！〕

倾盆大雨径直往头上身上浇，
天上的狗儿猫儿都下来了！
老天爷杀人不用刀——
顷刻间夺走了我的小宝宝！

天哪！小宝宝你莫要把娘怨，
为娘恨不得和你一起赴阴司！
小宝宝你莫要把你大怨，
他是死是活娘也不晓得！

老祖先留下个人爱人，
老天爷专杀爱人的人。
我不到黄河心不死啊，
一心要找到我的心上人！

（蓝花花）

44. 孩子呀，你不该来到这世上

〔待到稍稍平静下来，蓝花花用双手刨开沙石，掩埋掉自己身上掉下来的肉——那双眼从未睁开的小生命。她诅咒这个扼杀爱情和生命的荒唐世界。〕

天哪，地呀，你杀人的天地呀！
蓝花花我好命苦呀，好苦命呀！
孩子呀，你不该来到这世上！
这黑暗的世道上，你无法生长。

苦命的骆驼客，你在何方？
你的儿，你也未能看他一眼，
匆匆地，他就离开了这个世界！
他连眼睛都没睁，没看这世界一眼！

儿呀，黄土一抔，就是你的坟场，
浑浊的河水流过你的身旁——
带走了你的欢乐，我的悲伤！
天哪，孩子呀，你不该来到这世上！

（蓝花花）

45. 天边飘来一片阴云

〔陕北与内蒙古交界地，原是山曲曲发源和流传的地方。榆林城下，无定河边，蒙汉曾经多次接触。记得母亲告诉她，她的祖上曾走西口，进入内蒙古地域，后来返回故土，追根轩辕。如今，蓝花花一路行乞，来到红石峡，她想去遥远的北方，但无法成行，只好折头向山西，决意东渡黄河，去赵石城的故乡大槐树村，希望在那里找到她朝思暮想的亲人。〕

天边飘来一片阴云，
如风吹草低见牛羊——
额尔古纳河畔有她的故乡啊，
那是母亲她生长的地方。

那一年她返回陕北烂柯庄，
追寻遥远的祖先，轩辕黄帝。
母亲进了张家门做了儿媳，
没成想荒年里被卖了充饥。

母亲说，我身上流淌着蓝色的血，
那蓝色的自由之花要到处开放；
母亲的蓝花花布袄贴在我心上，
想起了母亲的话，我眼泪汪汪。

如今我来到这榆林边陲，
红石峡露出赤红的脊背。
榆溪水流淌如碧玉翡翠，
往事悠悠令人心碎！

我本想寻访源头将故土访问，
可前路茫茫无定河边埋骨有几人？
没奈何我转头去山西大槐树下，
相信村子里总能找到我的亲人！

白：骆驼哥哥，我到你的村子找你来啦！
（蓝花花）

46. 花儿妹子，我回来了

〔春暖花开的季节，骆驼客满怀希望，回到了烂柯庄，寻找他心上的姑娘。〕

　　花儿妹子，我回来了，回到了你心中，
　　百灵鸟儿，鸣叫着，飞过了天空；
　　山也笑，水也笑，回应着我，
　　我是你的赶骆驼的亲哥哥，亲亲！

　　东山里的糜子，西山里的谷，
　　谷子地里有你我撒下的种。
　　手捧黄土我说不出话，
　　豆大的泪蛋蛋掉在泥土中，亲亲！

　　唉，生意迫使我走口外，
　　几回死来几回生，才回来。
　　这故土里有你和我的爱，
　　切菜刀断了头咱们也不分开，亲亲！

　　人在外边心里头常牵挂，
　　我心里只有你一人，蓝花花！
　　满天的星星一颗颗的明，
　　咱二人从此要过上好光景，亲亲！

　　　　　　　　　　　　（骆驼客）

47. 妹子开门来

〔骆驼客用典型的《妹子开门来》的曲调,急切地唱着浪子归来的歌,可是院门上了锁,窑洞里空无一人。〕

叫一声好妹子,我的好妹子,
骆驼哥我赶回来看我的好妹子。

到了你家大门,进不了院,
星星眨眼把哥哥看。

妹子开门来,妹子开门来!
哥哥给你提了一条羊腿腿来。

二十里的黄沙,三十里的林,
送哥哥妹妹你哭成个泪人人。

漫天的风沙起,黄沙埋人人不见,
多少次迷了路,我渴死昏死在戈壁滩。

睡梦里,走你家的窑顶,瞭你家的院,
你家的院子里有哥哥的牵魂线。

妹妹呀,千里万里只把你想念,
哥哥我跑断腿也要把你看。

一道道深沟一座座崖,
为看妹妹我远道里来。

妹子开门来,妹子开门来!
哥哥给你提了一条羊腿腿来!

摆好,分好,杀好,并好,把你迎,
妹妹哎,把你迎。你给哥哥把门开!

(骆驼客)

〔骆驼客千里来寻她的心上人,可是院门紧锁,屋里空无一人。他不觉悲从中来,放声大哭!〕

48. 痴心的妹子，负心的汉

〔从满天星斗到日出东山，骆驼客一直呆站在大门外。从众乡亲的忠告中，他如梦方醒，告别了乡亲，转身直奔黄河滩。〕

痴心的妹子，负心的汉！
蓝花花为了你受尽了熬煎。

成对对的鸳鸯棒打散，
蓝花花她日日想来夜夜盼。

怀着你的孩子进了周家院，
蓝花花她一女不能嫁两男。

得罪了周家，死了她的大，
蓝花花她逃生逃难离开了家。

拉骆驼的汉子，你别呆呆地站，
蓝花花啊，她寻你，去了黄河滩。

是死是活，谁说了也不算，
快去寻你的蓝花花，莫迟延。

（众乡亲）

第七幕　婚　誓

　　矢志不渝的骆驼客在黄河滩上找见了蓝花花，恍若隔世，二人重发誓言，决心生死相守，并决定同渡黄河，去远处谋生，一生一世再也不分离。天边响起《神仙也挡不住人想人》的主题歌。

49. 重逢关帝庙

〔千里的黄土无人烟,千年的破庙有人恋。黄河滩,破庙前,骆驼客找见了奄奄一息的蓝花花,二人初心不忘,历尽苦难,终得重逢,岂非苍天有眼?〕

男:黄土高原黄河滩,
　　黄河滩上无人烟。
　　横天的乌云狂风卷,
　　风卷石头到天边。

　　千里来寻关帝庙,
　　关帝庙就在黄河边。
　　哪里有艄公定心的神?
　　哪里有寡妇哭断魂?

女:丢了孩子丢了魂,
　　关帝庙里暂栖身。
　　夜食祭品昼躲人,
　　做神明保佑我男人!

　　骆驼哥你今在何处?
　　一日不见想死个人。
　　一去你就无音信,
　　是死是活你发个音!

男:乡亲们说你有了身孕,
　　怀着我的娃进了周家的门。
　　唉,周家就是那虎狼窝,
　　哪里容得咱受苦的人?

女:莫不是骆驼哥他来找我?
　　他的脚步我晓得,我晓得!
　　一脚深一脚浅就像那小骆驼。
　　一口吸一口喘像百灵子把水喝。

合:千里姻缘来相会,
　　千人万人只一人。

男:骆驼客爱着蓝花花,
　　牲灵灵子是我的命。

女:蓝花花爱着骆驼客,
　　花花草草是我的魂。

合:黄河岸边灵芝草,
　　千好万好见了就好。

　　千万里相逢在梦里,
　　面对面看着还想你。

　　　　　　　　(骆驼客、蓝花花)

50. 今生不见来生里见

〔意外的惊喜,勾起情绪千丝万缕,蓝花花的苦难像倾倒的黄河水,一腔怨愤尽情地倾泻。蓝花花唱出了惊天动地的誓言,老天也落泪,阎王听了也心发颤。〕

唉,十五的月亮十六圆,
爱上了亲哥哥实在是难。

摔破了罐子见了个底,
千里万里找不见个你。

人说你死在了戈壁滩,
茫茫荒野不把方向辨。

人说你被土匪绑了票,
没人救你,你可不早死了。

日日里想来夜夜里念,
几回回见了你不言传。

梦见你冻死在风雪天,
腰缠万贯不顶一个钱。

哭干了黄河我泪不干,
妹妹的哭声感动了天。

栖身在破庙里三十天,
天上的各路神仙都骂遍。

神仙答应了还我的愿:
今生不见来生里见。

我若是早哥哥三年去,
奈何桥上等三年。

你若是把妹妹半路上闪,
阎罗面前把官司断!

(蓝花花)

51. 再不让妹妹受孤单

〔听罢蓝花花的倾诉,骆驼客也是百感交集。他诉说了在外的艰难,承担了自己的责任,表示了愧疚的心情。最后,夫妻二人跪在关老爷面前发誓:生生死死长相守,朝朝暮暮不分离!〕

哎嗨嗨,哎嗨嗨——
这么长的辫子哟探不上个天,
这么好的妹子哟见不上个面。

自从离开了烂柯庄高粱田,
哥哥我,就像那孤雁落沙滩。

就像那风中的纸鸢子断了线,
就像那滚地的石头,浑蛋蛋。

妹妹受的千般苦,万般难,
都是哥哥的错,凭你发落凭你嫌。

几回回来到你身边,把你喊,
醒来才知是在梦里边,梦里边。

走三边,下四川,
日日的梦夕里把魂牵。

只说有情人能见面,
谁知见面比登天难!

今日你我二人得团圆,
关老爷面前发誓愿:

此生此世相牵连,
再不让妹妹受孤单。

除非是黄河倒流天柱断,
你我二人再不叫鬼搅散!
　　　　　　　　(骆驼客)

合:哪怕是黄河倒流天柱断,
　　你我二人再不叫鬼搅散!

52. 过黄河呀,过黄河呀!

〔黄河滩上,骆驼客扛着猪皮筏子,大步流星,蓝花花急迫慢赶。他们二人要东渡黄河,谋求生路。这时,远处响起了低沉有力的黄河号子声。〕

嘿——,嘿——
过黄河呀——,过黄河呀——

女:猪皮的筏子后生的哥,
放筏子你不要落下我。
一句话不说,你为什么,
妹子铁铁地要过黄河,
要过黄河,要过黄河!

高山上的谷子,山坡里的糜子,
是好是歹,你我中意,你我中意;
痴心的骆驼客,走遍天地,
蓝花花不要你我再分离,
不再分离,不再分离!

黄沌沌的漩子白沙沙的浪,
没有了父亲,没有了娘亲;
上筏子我是你的护身的菩萨,
过了河我是你一辈子保命的人,
保命的人,保命的人!

九曲的黄河,拉骆驼的哥,
人生路上你不要落下我;
苦命的蓝花花,只为你绽开,
要死也要死在你的怀,
死在你的怀,死在你的怀!

男:叫一声好妹子你起来,你起来,
骆驼哥不是无情无义的汉;
千里万里回来把你找,要带你
要带你走出这黄河道——

合:走出这黄河道!走出黄河道!

嘿——,嘿——
过黄河呀,过黄河呀!
（蓝花花、骆驼客）

〔蓝花花和骆驼客上了黄河东岸,携手走向光明的远景,永不分离!〕

53. 神仙也挡不住人想人

〔天那边飘来依稀可辨的声响,仿佛是天地之间发出的自然之声。若隐若现,渐渐清晰起来,成为一种主题的渲染:神仙也挡不住人想人。〕

哎咿呀,嗨嗨,
哎咿呀,嗨嗨,
天爱地,地爱风,
风爱云,云爱水,
世上的男人爱女人,
世上的婆姨爱男人,
神仙也挡不住人想人,
神仙也挡不住人想人。

(天籁)

尾 声

54. 孤独的牧羊人

〔黄河壶口,飞流四溅,礁石上站着孤独的牧羊人。一声清脆的短笛,悠悠荡荡,传颂着远古的爱情。拦羊汉望着河对岸远去的一对身影,转身回拜家乡的方向,毅然踏上了另一条去大西北的道路。〕

嗯,我是一只小羊,
孤独地追寻着我的梦想;
一直追逐你的身影,
直到那遥远的地方。

我是一只小羊,
从小没有了爹娘。
我吃着羊奶长大,
羊儿就是我的娘。

周老爷是一只狼,
我不愿意守在他的身旁。
我要去一个没有狼的地方,
那里才是我的家乡。

(拦羊汉)

〔幕落;远方响起音乐《在那遥远的地方》〕

[剧终]

(2017年11月4日初稿
12月21日修改终稿)

编后语

一部诗剧的诞生!

　　蓝花花的传说,在陕北有一段历史,也有真实的人物基础。诗剧的创作只是一个想象,需要艺术的虚构,人物关系有一定的现实基础,而时间朝前推了一段,上溯到传统农牧社会和地方民俗的背景,自由恋爱和婚姻自由的新思想尚未进入这样一个封闭的地带。这样,蓝花花的主题就有了向民间深入和向文化还原的双重时空,这是新编《蓝花花》诗剧的耀眼处。

　　20世纪初,解放前,传统社会,革命前,自发状态。中国北方农村,陕西北部,封闭的山区农牧文明和山西流动的商业文明之间的冲突,导致狭隘的本乡本土的原始意识的松动和崩溃。自由恋爱,引起远走他乡的新思想的冲动,那是必然的结局,既不是完全的失败的、悲剧的,也不是简单的乐观的、胜利的。须知在原创歌曲《蓝花花》里,还没有《三十里铺》那样的当兵和上前线的事,它至多是贫苦农民和独霸一方的地方乡绅的矛盾,是自由恋爱和保守的地方婚姻乡俗的矛盾。

　　蓝花花的形象是本源的、朴素的传统农家女子,没有知识女性那样自觉自愿的自由恋爱观点和婚姻自由的观念。她在和骆驼客偶然的相遇中,在二人自然状态的接触中,产生了爱情,从早期的相会,到骆驼客被驱逐,她自己被逼婚,父亲的突然死亡,孩子的流产,到最后的流浪和追寻,绝望与自杀——但终于没有自杀——是一条逻辑的主线。爱情支撑了她最终的坚贞,相信骆驼客一定会回来,或者他一定会找到她,总之他不会负她的。这一坚定的信念,支撑着她,抵达了最后的追求和成功。

　　怀孕导致婚事不可拖延。按照当地的风俗,有女不嫁外乡人,这种封闭的观念,杜绝了蓝花花和骆驼客之间的自由爱情及远地联姻的必由之路,把她逼上了和牧童拦羊汉结婚的绝路。在这里,本土本乡的传统观念和乡绅的观念是一致的、一体的。它的代表人物就是周老爷,他是一个封建地主,但也是有文化的一代乡绅,握着当地权力和穷人的命运。所以对周老爷的形象，不能简单地反对，也不能在道德上加以抽象的贬低或鞭挞。他年过半百，多妻而无后。他自己生理的、心理的、家庭的、社会的问题，总要解决的。所以这是一个非常复杂的个体和复杂的性格，复杂的人性，复杂的社会，不能给予简单化的处理。

　　顺便说到诗剧里面的典故和名称，因为和人物与主题相关。周老爷关于烂柯庄的来源的解读，便是一个明证，那是中原道家文化关于生产与下棋（智慧）的关系的深刻的隐喻。斧头（柄）都烂掉了，文明还能不衰退？这难道不是庄子的思想？所以，剧中的地名基本上是虚拟的，但又是有意义的。例如，蓝河（"滥河""烂河"）的谐音，与黄河对应在一个具体而微的范围里，黄河便在巨大的文化隐喻里。而人名，也有所隐喻，比如德成老汉（蓝花花的大，陕北和关中人称父亲为"大"，按照儒家经典，最为原始。德能成事，但不尽然）、赵石城（山西骆驼客，石头城，在南京，"实诚"是谐音）。蓝花花没有名字，她母亲也没有名字。旧社会女人没有名字，有名字也不会被记住。我外婆，活到一百零四岁，我就不知道她的名字。《红楼梦》里的贾母叫什么？谁知道？拦羊汉，没有名字，孤儿哪有名字？"傻子"是他的公用名，大家都那样叫他。何况他只有十二岁，没爹没娘，是周家的附属，所以他是一只羊，不是人。"周扒皮"是绰号，不是名字，谁敢叫老爷的名字？周老爷是称呼，老爷不是名字，也不是官衔，什么也不是，就是乡里的习惯称呼。可见它和皇帝一样，有忌讳，君王之讳（"讳"是"惠""毁"的谐音）。

　　蓝花花的名字最美，还有叫"兰花花"的，因为它来源于马兰花（蝴蝶兰、鸢尾花），是一种普遍生长的野花，在草原过度放牧情况下，尤其生长茂盛。现统一为"蓝花花"，因为它不是一般兰花的兰，花是浅蓝的，叶子是深绿（蓝）的，集合了陕北人说的那个蓝，是两种蓝色的混合。"青线线那个蓝线线，蓝格莹莹的彩"，这就对了。蓝色是民间的色彩，晃眼，鲜艳，真切，感人。蓝花布，据说是蓝花花最常穿的一身衣服，也和她的得名相一致。还有印花布，也是蓝色。蜡染，也是蓝色。蒙古人的蓝色，也具有象征意义（蓝花花的母亲是蒙汉之间的桥梁）。现在人喜欢牛仔，这种衣服也是蓝色的。至于蓝调（布鲁斯），就是忧郁的蓝色，在音乐上，在人

附录三 蓝花花（诗剧）

性上，更有情调了。在剧中，我们把蓝色上升到蓝色的血统，蓝色和自由之花，是一个中西大综合、大创造！

蓝花花的大，她的父亲，是一个传统意义上的保守、自私、封闭、胆小怕事、怕乱的北方农民形象。他坚守着祖祖辈辈所给的土地和一面土窑洞，不愿意离开，即便是在天大旱的时候，宁愿把妻子卖掉，与女儿相依为命，也不愿到外地去乞讨和谋生。他的这种思想观念，和蓝花花积极有为的性格，是完全不一致的。本来倒插门儿的方式，也是一种可能性，倒插门式，是男权婚姻为主的一种变体，或者是男子继承权利的一种补充。在体制上，具有一定的合理性，而且可以解决蓝花花一家这样父女相依的问题。可是由于乡愿（其中拦羊汉的告密也有关系），过早地暴露了蓝花花和外乡人的爱情，也由于过早的怀孕，导致婚姻的提早来临，当然再加上父亲的反对，使得按照正常的途径不能够结合，不能倒插门儿，所以导致了后边的问题。从性格来说，有追求自由的意愿，既然有一个机会，又不能一试，她就不愿意倒回到陕北农村的土窑洞里，窝囊地过上一生。何况在蓝花花的身上，有她母亲的游牧民族的遗传，追求自由的天性，是在她的血液和骨头里边的，不是中原文化、儒家文化、道家文化、佛家文化的处事方式和调节机制可以磨灭得了的。

骆驼客，作为山西的晋商的赶脚人，是牵骆驼的，牵骡子的。他思想开阔，见多识广，对蓝花花一往情深，但他注定要四处漂泊，不能固定在一个地方。被驱逐，给他的打击很大，所以他要挣足了钱再回来找蓝花花，可是这件事情会导致时间的拖延，而蓝花花已经怀孕，她不可能等待这么久，可是在此以前，骆驼客也不可能回来找她，何况他也不知道怀孕的事。这使得他们的约定，就成为一种悬念，因此，骆驼客是一个特殊的人物。他出现在一开头，引出主题和陕北的境地，引出故事，就不见了。最后，结束的时候，他又出现了。他是两头出现的角色，中间留下了很长的时间，让剧情自由地发展，而且由于交通和通讯不便，蓝花花也得不到他的任何消息，这对他的爱情的坚贞，是一个考验。

最终的结局，不是自杀，也不是他杀。杀人放火，那是暴力的行为，在乡村自治的活动里边，在乡约的规范下，乡愿的控制下，老乡绅的支配下，一般并不需要过分的暴力来维持地方的自治和一方的安全。在这里，蓝花花的思想，甚至骆驼客的思想，都没有西方的启蒙，没有自由恋爱和自主结婚，也不是革命队伍里的阶级觉悟、男女平等。他们是在原始的传统社会里，自然而然地产生的符合人性的一种爱情婚姻的旅程。最后的结局必须是出走，因为当地的文化不能容纳他们，而他们的个性也不愿意再回到原来的传统里面去，可未来是什么？并不清晰。所以在最后的结局里，用了过黄河的隐喻，表明他们要到远方去寻找新的甜蜜、新的天地。这较之传统的陕北民歌里边的爱情观，在当地恋爱、结婚生子、延续一方水土的生活方式，是一种突破。在某些方面，我们有意识地剔除了陕北民歌中地方文化的保守和低俗的一面，提升了它的档次。

牧羊人，拦羊汉，是一个复杂的形象，他是一个孤儿，从小被周家收养，做了周家的放羊人。他实际上是和羊生活在一起的，白天晚上都和羊在一起，抱着羊羔出行，抱着羊羔睡觉，应该说他是吃羊奶长大的，羊，就是他的母亲，就是他的亲娘。可是在他的形象里面，是有复杂性的，有依赖性，依附于富人和权势，他的心里面，有一些奴性的东西，也有一些低级的东西，影响了他对蓝花花的爱。实际上，这种感情可以看作是一种姐弟恋，因为蓝花花对他的爱是对弟弟一样的疼爱，这是蓝花花善良个性的自然流露。而且他的小报告，破坏了蓝花花和骆驼客爱情的正常进程，造成了巨大的损失。这是他自己说的，没人知道的，没有意识到的。但他的天性是善良的。他是穷人，天下穷人是一家，他感觉到了。他生活在一个虎狼成群的世界上，他活得像一只羊，没有像一个人。在洞房花烛夜，听蓝花花讲了她的爱情，讲了她曲折的身世，拦羊汉茅塞顿开。他消除了误解，支持蓝花花寻找骆驼客，让他们夫妻团圆，白头偕老，得到幸福！但是他并没有去找周老爷报仇，而是自己单独出走，去新疆那个没有狼只有羊的地方。那是中国《诗经》里面所描写的，《硕鼠》一篇所向往的自由和安康的境界！当然其中也有王洛宾的《在那遥远的地方》，作为一种更其遥远、更其自由、更具原始的爱情和婚姻的理想之地的召唤！如果让拦羊汉去报复周老爷，或者杀了他，或者烧了他的房子，既不符合拦羊汉的性格，也超越了历史的发展阶段，也不符合人性，那么就会失败，而且导致

附录三 蓝花花（诗剧）

作品的失败。

由此看来，《蓝花花》像什么呢？像《原野》。蓝花花更像是《原野》中的金子，具有一颗金子般的心，坚贞不屈，一爱到底，承受一切的苦难，从来不怀疑自己的心，也不怀疑她所爱的人：她是幸运的、成功的。但骆驼客，绝不像仇虎，充满仇恨，杀人复仇，也不像黑娃（陈忠实《白鹿原》中的土匪），他没有走向革命的道路，也没有当土匪，不是因为他的任性，而是他作为一个劳动者，没有仇恨，只有勤奋：他是商业社会的思想代表，远远胜于狭隘的农民，没有明显的嫉妒心理，虽然没有文化，但是他天性善良，有与人合作的精神，对于女性的认识和了解，甚至未来的家庭和幸福，都是有所追求和想法的！这不是一般封闭社会的男子可以具有和可以比拟的。当然，他也不是封建的知识分子，也不是酸文人，他的身上，没有那种习气，他没有架势，他很正常，他不能倒向革命，不能倒向暴力，因为在当时，还没有这种实践、阶级观念、政党意识等影响到他们个人的生活。虽然在南方革命党早已经产生了，可是，"五四"运动、工人运动，这些知识分子、都市青年的活动，也没有影响到边缘的农村，特别是蒙汉交界的陕北腹地。它也不像《雷雨》，《雷雨》有工人，工人罢工，有大海（生硬的象征和粗暴的介入），在资产阶级知识分子家庭，有产阶级本身的家庭里，那是他们个人家庭伦理的一种表现。《蓝花花》里不是乱伦，而是自然的爱情的生长和成长。周老爷对蓝花花的非礼，是有其道德意识的（有内心独白里的自省），他的报复也是社会行为的，利用了乡俗的落后面。它也不是《白毛女》，后者的主题是生存，不完全是爱情，带有贫穷家庭的女性被封建地主占有的意思，所以她被迫逃到山上，变成了野人。生存是它的主要的方面，从文明人倒退到原始人，是《白毛女》的本源的主题，文明与冲突。可是由于经过了革命文学的改编，增加了她和大春的爱情主线，而且进入到抗日的洪流中，加之革命秩序的接纳，已不再是生存的问题，而是社会进步和个人追求幸福是否必然相一致的问题。

从世界文学的方面来看，《蓝花花》也不是莎士比亚笔下的《罗密欧与朱丽叶》，它不写欧洲封建豪门的世仇恩怨，也不写教堂里神父的密谋和起死回生的逃婚与逃生之道。在中国北方境地，没有超脱的王爷，只有自私的乡绅周老爷。《蓝花花》很正常，它写男女结合，有了身孕，被迫拆散，乡绅乡愿，远走他乡，无法完成婚姻。从弗洛伊德的精神分析理论来看，它是爱情向婚姻过渡中的固着（fixation）和阻抑（depression）。罗密欧被驱逐，是因为他误杀人，有街头械斗，有暴力，是两条线穿插，《蓝花花》没有这个层次，它的矛盾是封闭落后的乡村习俗和爱情自由、婚姻自主的矛盾、传宗接代的意识、本乡本土势力排除外来文化的意识等。它不是复仇，也不会导致自杀和他杀（包括误杀和情杀）。拦羊汉是善良贫穷的，不是巴黎氏那样的贵族。贵族的血统在蓝花花身上，在她母亲带来的高贵的蒙古血统中（她崇拜自由自在的草原游牧生活，那里有自由自在的爱情追求和婚姻向往；这一线索联系到骆驼客的四处漂流而承接着，和蓝花花天真烂漫的天性一拍即合），这里包含了民族的融合、蒙古人种的大认同以及中华民族的多元一统的大格局。另外，从父系专制到母系神话的回归，从反抗农耕文明的封闭到追求游牧生活的自由与生命价值，虽然是一出爱情剧，但它的主题向上下延伸，营造了巨大的文化历史空间和深远的叙事抒情效果。因为陕北自古是蒙汉交界的地方，党项族也从这里出发，建立过西夏王朝。李自成从这里出发，打进了北京城。这里是一片英雄用武之地、文化荟萃之地，容不得一方土豪恶霸的一统天下，长此以往。

以上是关于《蓝花花》创作的一些设计和思考，包括主题，包括人物，包括故事情节，还有其中的隐喻系统。最后，就诗剧形式和语言风格简单地谈两句。诗剧不同于歌剧。歌剧是要唱的，不能有太多的对话和外部动作，太多的对话和外部动作应该是话剧。它不是一般的舞台剧、歌舞剧，它也不是歌剧。我们的歌剧是大杂烩，并不突出专门的唱段，而是外部的冲突、外部的动作、公众大场面、太多的嘈杂，加之舞台的效果，都会起作用。诗剧呢，比歌剧还要凝练，因为它不用唱出来，只要读出来，可以采用押韵的形式，民间文学的元素在里面了，陕北方言在里面起着极其重要的作用，陕北民歌是它的主题，是主要的色调和调色板。我们在陕北民歌基础上进行再创作，让它产生个性化、情节化、主题化的体验，让它产生一部新的诗剧，但不是歌剧。因为歌剧在音乐上有特殊的要求，我没有考虑这些要求，也不是我的专业兴趣所在。诗剧在中国，穆旦写过一

附录三 蓝花花（诗剧）

些，例如《神魔之争》，情节不是太完整，也没有写完，主题是抽象的、寓言式的；郭沫若写过《凤凰涅槃》，它是追求新诗和神话的东西。但是它们都不是特别完整，而且主题的提炼、角色的分化和个性化的方面，都需要进一步突出；诗歌本身，都缺乏民间文学的底蕴，习俗的、民俗的、人类学的考察，文明形态，文明意识，人的本能的方面，人性的深刻的挖掘，都有很大的提升空间。所以在这个意义上，这部诗剧《蓝花花》有一定的创新因素，或者说是一部创新的诗剧。

但是，无论如何，诗剧也需要剧作的因素和戏剧冲突、戏剧场面，所以在整个诗剧都有了框架的基础上，还是发现有一些可以添加的因素。例如，第二幕的《闹春》，就是在陕北农村春节前后闹春风俗的基础上，根据《西北回响》里《秧歌词调》一章的内容改编而成的。不过这一部分，也不是机械的套用和微小的变动，而是找到了深刻的文化根源和戏剧因素。一个基本的考虑，就是原来男女主人公的接触都是暗地里和非正规的，不能产生正面形象而立起来，而且缺乏大场面的调度，使得戏剧的高潮迟迟不能到来；另一个就是缺乏深刻而广大的文化气息来烘托这一伟大的爱情主题，并在舞台上展示出来。于是，经过长时间的思考，反复翻阅资料，找到了中国神话中关于花神的描写（当然，《红楼梦》中的花神晴雯，还有《牡丹亭》中的花神，一直在作者的头脑里盘旋，但不能直接使用）。一个是《聊斋志异》中的陕西贡生安幼舆，乐善好施，放生高价收购来的猎物，为天上的神仙花姑子所爱，二人历经磨难，结为夫妻。原来花姑子正是当年被放生的獐子，而最后的结局，当然是人神分离，和牛郎织女的故事一样。这一思想是深刻的，作者改编了这一老套的才子佳人（仙人）戏，使其回复到猎人和仙女（猎物）的原始故事，从而照应了陕北曾经是狩猎之地的历史渊源，并象征性地演示了猎人与猎物的古老的爱情神话，在民间信仰中可以查到世界文学普遍的追猎模式。例如，英国苏格兰高地上的歌手彭斯所写《我的心啊在高原》里，大规模追猎暗示男追女的求爱模式，获得了世界文学的普遍意义。而在仪式上，这里用了戏剧打扮的形式，让蓝花花身披獐子皮，头戴鹿角帽，很好地显示了这一"狩猎-求爱"主题，并且让赵石城前去献猎物，祭奠山林之神，于是象征性地回复了祭祀山林（水泽女神）的原始活动，例如对古希腊女神的模仿作用。这样,也给了赵石城和蓝花花象征性的求爱方式一个难得的舞台表演机会,暗示了他们二人的爱情关系。

第二个典故是明代浙江温州织绸名家高机与当地才女吴三春相爱的故事。高机被三春的父母反复阻拦,不得成婚,后来二人出奔,被抓回,男的被囚禁,女的被关闭,不得见面。三春后被父逼婚,出嫁途中,欲自杀,高机知晓,追轿在半途,一把剪刀,双双殉情自杀在轿子内外。后被民间奉为花轿神,职责是保护新郎新娘平安到达,完成婚礼,进入洞房。这一故事,在运用为戏剧元素的时候,是把南北神话原型加以混合,成为花姑子的统一形象的,但在具体表演中,则各自独立,作为相得益彰的南北神话,并置表演,最后再统一为一个舞台场面而告结束。这种处理的根据,就是陕北民间文化中杂交并置的许多历史故事,都可以在一个舞台效果中表演出来;在艺术原理上,就像绘画中的《五瑞图》一样,让春夏秋冬的不同植物,可以画在一个画面上,起到祥瑞祝福的作用从而满足心理的需要。不过这个故事,更多的是说出来的,而在服装的设置上,则可以南方的丝绸和轻盈的表演为其风格,南北对照,同台演出,一轻盈一厚重,一古老一现代,相得益彰,也别有风情吧。

关于夫妻团圆的表现,原来只是简单地交代说是偶然遇见在黄河边,接着就出来尾声《过黄河》的场面,显得仓促和突兀。但也考虑不想太正面表现他们见面的戏剧场面,例如用"推磨"相认等老一套戏剧表演技巧,哭爹喊娘,含蓄不足,反而不符合现代审美情趣。改编添加的结果是,虽然添加了《重逢关帝庙》的正面描写,二人的交叉出现和逐渐逼近象征性地走到一起,汇合为一个合唱,但仍然是诗剧的形式。语言交代背景是黄河滩上的关帝庙(关帝是财神,也是正义之神、道义之神),而具体的情节是双方倾诉追寻与思念之苦,并宣誓永不分离。这样,不但强化了主题,而且推进了情节,达到生死与共、永不分离的高度,虽然历经天上地下、阎王殿、奈何桥,却不落俗套,而是骂神灵、断阴司,尽情地抒发民间文学的天地之情、夫妻之情,进而达到一个古典文学书面文本难以企及的舞台表演艺术的高度。

这里还想补充一点,那就是中华民族多元一体和大西北文化的问题。

附录三　蓝花花（诗剧）

我们可以这样设想：由于陕北是一个特殊的地带，是多民族交流和生息的地方，我思考再三，还是让主人公蓝花花在独白中随她母亲，从蒙古高原流落到中原腹地。在这样一个更大的国土上，蒙古人种、蒙古高原和汉族文化、农耕文明发生融合，在西北边陲，具有统一性和启发性。但至于具体的细节，则要仔细地打磨和推敲。据查，从康熙年间到民国再到解放前夕约三百年的时间里，从陕北高原走西口，流落到内蒙古定居的人，有20万之多，他们的后裔，回归故土，是一个值得注意的历史现象和文化现象。所以，让蓝花花的母亲告诉她自己的祖上曾经走西口流落到内蒙古，而她自己则返回故土，谋求生计，却遭到不测和不幸。这一历史的追溯是深刻的，既有民族融合的考据成分，也有家世家史的根本，这样，另外一个层面的故事就展开了。

不仅如此，我们还让拦羊汉离开陕北故土，追求到新疆，就是在大西北另外开拓一片领地，为解放后的开发大西北和改革开放以后的再次开发大西北，做了一个深刻的伏笔和铺垫。这样也就有了一个更大的活动空间，有了一个荡气回肠的巨大的历史文化空间和艺术活动的空间。虽然蓝花花只是一介女流，不可能有经天纬地的本事，但她思想开阔，性格坚强，不为当地文化与落后的乡俗所束缚；她敢于追寻远古，追问将来，我们就让她上下求索，生死相恋，再找到她的情哥哥，一起东渡黄河，也可能是去山西的大槐树下，实现他们的爱情梦想。这里是秦晋文化的交汇地，是中华民族的根基所在，各民族共同的家园。如此构思，寓意深刻。

诗剧，最基本的是诗歌，所以我们大概采用了四行一节、基本上押韵的结构。这种押韵是比较自由的。句子的伸展也很自由，有长有短，不是特别的固定：有些是信天游，两行体（《序歌》《一道道水来一道道川》《唱一首山曲曲解心宽》），用了新的方法；另外一部分是四行体（《天上的明镜照我的脸》《圆圆的月儿挂在天上》），三节和四节一首的都在用；三行（《你听大把话说分明》《我铁铁地跟定了拉骆驼的人》）和五行（《女儿歌》《哥哥你带我去远方》）的诗节也有，个别地方也不一样；甚至还出现了十四行诗（《大啊，大，你好糊涂，好命苦》）和比较自由的民族民谣（《牧童谣趣》）。这样会产生比较丰富的变化，其中有一些是陕北民歌的感觉,有一些来源于中国的神话。那具有深刻的、个性化的人物塑造的性格,完全要靠一首一首的诗,让它们串联到一起,形成情节,中间没有任何对话,也没有动作,所以个性常在诗歌中间流露出来,感情也在诗歌中间自然而然地流露出来,戏剧情节也是流露出来的,有点像戏曲里面的唱词,有的则有点像自报家门,蓝花花说她是一棵蓝花花草,拦羊汉出来,说他是人群中间的一只羊;有的是间接的、暗示性的,例如蓝花花的父亲,不可能说他自己是一个农民,但是他说了"咱庄户人就得图个安分",表明了他为人处事的基本立场。

不仅直接套用和挪用陕北民歌的歌句,而且更大量地化用陕北民歌,是《蓝花花》创作的最重要的方法,主要是隐喻性质的,借助陕北民歌里边比喻、比兴的写法,包括主题都是有隐喻的,人物都是有思想的,没有思想的人物不能立起来。这里从正面写思想的可能,骆驼客最少,他漂流在远方,偶尔出现一下,但是他起着重要的作用。蓝花花内心的描写,也不是特别充分,主要还是靠情节的推动,让她展示自己的性格,对自己命运的坚守,她并没有多少选择的余地。越到后来,父死子亡,孤身一人,流落到黄河边,她的内心独白会有所加强。但总体上,他们二人的内心世界,还是要加强,要有对话和独白;如果没有独白,就没有深度和反省,没有性格的内在根据和表现。比较复杂的是拦羊汉。我们在有些地方,赋予他小人物的喜剧特点,例如不合逻辑的《牧童谣趣》;性爱导致生育的粗浅认识,以至于不能辨别姐弟恋和夫妻的不同性质,但也让他成长,控诉内心的孤独和苦难,例如《五哥放羊》。因为他年龄小,可塑性强,从一个近乎无知且依附于周老爷的孤儿,成长为一个对于爱情和生活有主见的男子汉,由旁观者、偷听者、偷看者、告密者,进入到爱情和生活的核心,成为参与者、决策者、当事人。最后,他有了自己的性格的形成,成长的经历,变化比较大。周老爷没有什么变化,他的内心和外貌,是有不一致的地方,但他本来就如此。他是传统社会的精神代表,也是本乡本土的基础所在,在利益和兴趣上,不完全是个人的,而是伦理的、社会的。他有很强的自我意识,有很敏感的羞耻感,所以他也是一个复杂的存在,这是他的深刻之处!也许是不能生育的、身体上的残缺,导致他精神的扭曲和变态（他关于动物恋爱的叙述，以及突然变得低俗的言语，例如"钻裤裆"，就是明证）；而这种残缺，和中国传统社会的文人的文化、乡绅的文化、乡土的文化，是互为一体的，个人、家庭和社会，是相互为用的。后继无人的结局，是一个象征，象征传统宗法社会的穷途末路。

最后说一下主题。主题通过序曲来表现，直接用了陕北民歌《老祖先留下个人爱人》。这是中国民间文学里边关于爱情的本体论，是非常少见的一个伟大的作品。像《红楼梦》那样的长篇大论，才有爱情的本体论，但是它的本体论是隐含的，在警幻仙姑的形象里来表现的。只有一次，作者对天发问，那就是《红楼梦》组曲第一首："开辟鸿蒙，谁为情种？都只为风月情浓。"陕北民歌呢？《老祖先留下个人爱人》，更加直截了当，直奔主题，爱情的本体和婚姻是一致的，它具有生理上的冲动和精神层面提升的可能性，二者是一体的。这样表现人类男女之爱，是很难得的、千古不朽的。周老爷《这世界是年轻人的地方》，是对这一主题的反论证，而他的"动物恋爱观"则是生理和生物社会学基础上的降格处理。拦羊汉说"世上的男人爱女人，/就像公羊爱母羊"，也是降格；而蓝花花呢，她说"老祖先留下个人爱人，/老天爷专杀爱人的人"，是升格。这个主题歌，还有一个呼应，那就是《神仙也挡不住人想人》，放在最后二人东渡黄河之后，天边传来的天籁之音，余音袅袅。宗法制度面临崩溃之忧，而男欢女爱则千古不易，是永恒的，是新时代的继续追寻。这部《蓝花花》，不避时流，不囿于传统，毫无掩饰地加以表现，艺术上加以完整而具有开拓性的再现，乃是一个创举。

王宏印

天津，南开大学龙兴里
2017 年 11 月 5 日起稿
2017 年 12 月 21 日定稿